LOTTE INGRISCH
DIE PESTSÄULE

LOTTE INGRISCH
DIE PESTSÄULE

Kriminalroman

EDITION S

Edition S
Verlag der Österreichischen Staatsdruckerei
1. Auflage 1989

Umschlaggestaltung: Atelier Schiefer, Wien
Druck und Bindearbeit: Österreichische Staatsdruckerei
ISBN 3-7046-0137-3

Die Pestsäule

Der Tag, an dem Fanny verschwand, unterschied sich kaum von allen anderen Tagen. Am Morgen trank sie mit ihrem Bruder in der viel zu großen Wohnung Kaffee. Die Wohnung hatte ihren Eltern gehört, die beide bei einem Flugzeugabsturz umkamen. So war also niemand da, der sie mit der Uhr in der Hand zur Eile antrieb. Das wäre auch gar nicht nötig gewesen, denn Fanny ist die Pünktlichkeit in Person.

Oder sie war es wenigstens bis gestern. Der Morgen war trüb und regnerisch. Daß noch alle Straßenlaternen brannten, machte ihn auch nicht fröhlicher. Ich weiß nicht, in welcher Stimmung Fanny ihr Frühstück beendete. Jedenfalls zog sie ihre rote Regenpelerine an und ging zu mir. Doch kam sie nicht an.

Sie ging zu mir, sagte ich, aber das stimmt nicht ganz. Fanny ist nicht nur meine Freundin. Sie ist auch die Privatsekretärin meines Vaters, der ihr gerade sein letztes Buch diktiert. Natürlich handelt es wieder von seinem Lieblingsthema, der Verwandlung des Wassers. Papa hat nämlich entdeckt, daß Wasser so etwas wie ein flüssiger, Informationen speichernder Computer ist oder sein kann. Und er ist so glücklich darüber, als hätte der Heilige Geist ihn persönlich geschwängert.

Fanny kommt immer um halb neun, und dann ziehen wir uns in mein altmodisches Biedermeierzimmer mit der Blumentapete zurück, wo uns niemand stört außer Rawuzl. Papa hat ihn mir zu meinem einundzwanzigsten Geburtstag geschenkt. „Oder hättest du lieber ein Auto gehabt?“ fragte er. Ich nahm den winzigen schwarzen Kater vom Tisch, wo er sich hinter der Teekanne versteckte, und küßte zuerst ihn und dann Papa.

Ich rechne es Fanny hoch an, daß sie nicht mit der Wimper zuckt, wenn Rawuzl ihre Nylons ruiniert und ihre hellen Kleider mit schwarzen Haaren übersät. Denn ich kenne sie und weiß, welche Qualen sie dabei leidet. Gab es eigentlich eine Zeit, in der ich sie nicht kannte? Wir haben mit den gleichen Puppen gespielt, obwohl ich lieber auf dem Steckenpferd ritt. Wir sind miteinander in den Kindergarten gegangen, und in die Schule auch. Die beiden einzigen Rothaarigen . . .

Um neun fängt Papa immer mit dem Diktat an, und bereits fünf Minuten später wurde er gestern nervös. Also ging ich Fanny entgegen, denn wir wohnen nur einen Katzensprung voneinander entfernt. Fanny und Michael in der etwas düsteren Bräunerstraße, und wir in der Nikolaigasse. Mitten in Wiens schwarzem Herzen, und praktisch nur durch die Pestsäule voneinander getrennt. Ja, und direkt vor der Pestsäule, Ecke Graben und Bräunerstraße, lag die rote Pelerine. Ich erkannte sie sofort. Sonst lag nichts auf der Straße.

Ich hatte in der Eile nur meinen gelben Wollschal um den Hals geschlungen und war vom Regen ganz naß, als ich an der Tür in der Bräunerstraße klingelte. Michael machte mir auf. Obwohl sie schließlich Zwillinge sind, schaut er Fanny nicht ähnlich. Eher noch dem Rawuzl, zumindest ist er ebenso schwarz. Aber er schnurrt nie. Seine Quecksilberaugen scheinen auf der Flucht vor allem, was sie sehen, zu sein. Er ist lang und dünn, und auch bei dreißig Grad im Schatten zieht er die Schultern hoch, als würde er frieren.

Nun ja, vielleicht tut er das wirklich. Fanny und er hatten nur diese komische Großmama, die sie aufzog. Eine zarte, verschlossene Person, deren Mann einen Tag nach der Hochzeit mit der eigenen Trauzeugin durchbrannte. Eitel Sonnenschein hat sie wohl kaum verbreitet. Jetzt dämmert sie in einem Damenstift dahin.

„Du?“ fragt Michael überflüssigerweise. Ich gebe ihm die rote Regenpelerine, die ich aufgehoben habe. „Was ist mit Fanny?“ „Wieso“, sagt er, „die ist doch bei euch?“ „Eben nicht“, sage ich.

„Nein?“ Seine Stimme ist eine Spur zu hell für so einen dunklen Typ. Er hängt die rote Pelerine auf einen Haken und kommt mit mir. Unterwegs zeige ich ihm, wo ich sie fand. Die meisten Geschäfte sind noch geschlossen. Aber die Wahrscheinlichkeit, daß sie gerade Haarnadeln oder den neuen Brockhaus kauft, ist ohnedies sehr gering. Michael schielt nicht, um Fanny zu entdecken, nach links und rechts in die Läden. Sondern er sucht, wie nach einer verlorenen Geldbörse, auf dem Pflaster nach ihr.

Als wir in die Nikolaigasse kommen, sitzt Papa gekränkt am Schreibtisch und tippt sein eigenes Manuskript. Natürlich kommt er mit dem Computer, den Fanny benützt, nicht zurecht. Klar, denn der ist nicht aus Wasser. Er hat seine Brille auf die Stirn und die Zunge vor Anstrengung zwischen die Lippen geschoben. Auch das scheint wenig zu nützen.

Ob Fanny verliebt ist? Aber sie schlief, sagt Michael, letzte Nacht in der Bräunerstraße. Nicht nur letzte, sondern überhaupt jede Nacht. Und wäre ein Mann in ihr Leben getreten – hätte sie es nicht mir, ihrer besten und einzigen Freundin, erzählt?

Fanny möchte keine Sekretärin sein, sondern Schauspielerin werden. In der Küche spielt sie mir manchmal die Ophelia vor. Papa hat sie aus purem Mitleid engagiert, nachdem sie bei sämtlichen Kellertheatern abgeblitzt ist. Er würde sie, sagt er, jederzeit freigeben. Denn sie wäre, als Sekretärin, kein großer Verlust.

Ich selbst studiere Philosophie, weil Papa sich ein Doktorat von mir wünscht. Er unterstützt diesen Wunsch mit so großzügigen Gesten, daß es verrückt wäre, ihn abzuschlagen. Aber eigentlich möchte ich Reporterin werden, bei einer Zeitung. Zum ersten Mal erlebe ich etwas Außergewöhnliches. Und ich zeichne es auf!

Ich, Floralind Lerner, und den idiotischen Namen habe ich bestimmt von Mama, die eine Romantikerin war. Papa spricht nicht von ihr, und ich erinnere mich kaum mehr an sie.

Tot ist sie jedenfalls nicht, aber in der Ehe scheint etwas schiefgelaufen zu sein. Zum Glück war Papa so geschockt, daß er gar nicht versucht hat, noch einmal zu heiraten. So hatte ich eine ungestörte Kindheit und eine wirklich fröhliche Jugend. Jetzt bin ich zweiundzwanzig, genau wie Fanny und Michael.

Michael habe ich schon beschrieben, obwohl ich ihn nicht beschreiben kann. Denn er schaut wie ein Ministrant im Freudenhaus aus oder wie ein Rabe im Hotel. Ich meine, er paßt nirgends hin. Überall ist er ein Fremder, und ich habe keine Ahnung, ob er das merkt oder nicht. Manchmal glaube ich, er hat ein Geheimnis.

Fanny nicht. Sie ist butterweich und ganz süß, eine richtige Diwanpuppe. Niemand käme auf die Idee, Pferde mit ihr zu stehlen. Aber an sie kuscheln würde sich bestimmt jeder gern! Das einzig Abnormale an ihr ist, daß sie keine Sommersprossen hat, überhaupt keine. Und wir haben so gut wie dieselbe Haarfarbe, tizianrot. Die Apfelblütenhaut ist das einzige, was ich ihr je übelnahm. Aber auch das ist schon eine ganze Weile her. Seit ich weiß, daß Männer mich mögen, stören mich die Tupfen nicht mehr. Eigentlich müßten die Männer in Scharen hinter Fanny her sein, doch sind sie es nicht. Ich denke, sie hat eine heimliche unglückliche Liebe, aber sie spricht nicht davon. Ihre Augen sind mehr blau, meine mehr grün, und Stupsnasen haben wir beide. Ihre Hüften sind ein bißchen runder als meine. Nicht nur die Hüften. Trotzdem könnte man uns, wenn man nicht genau hinschaut, glatt verwechseln.

Papa murmelte etwas von der Polizei, aber Michael wollte davon nichts wissen. Nach zwei Stunden? Lächerlich, sie würde nur bös sein. Er stapfte davon und hob die Beine, als watete er durch Schlamm.

Unsinn! Fanny ist nie böse. Aber was ist wirklich mit ihr passiert? Angenommen, sie hat einen verheirateten Liebhaber. In der Nacht hat er seiner Frau gebeichtet, und die drehte total durch. Also packt er seinen Koffer und zieht aus. Vielleicht sogar ohne Koffer. Jedenfalls lauert er Fanny in der Bräunerstraße auf und fragt, ob sie ihren Paß bei sich hat? Denn sie werden mit der nächsten Maschine nach New York oder Linz fliegen und wahnsinnig glücklich sein.

Nur, warum hat sie ihre Regenpelerine ausgezogen? Bei dem Wetter? Obwohl es natürlich sein kann, daß der Unbekannte Regenschirm und Nerz für sie mitgebracht hat. O, ich weiß! Ich fahre jetzt sofort nach Schwechat und erkundige mich, ob Fanny davonflog.

*

Nein, keine Fanny oder Stephanie Fabricius hat ein Flugzeug bestiegen. Weder gestern noch heute. Also gut, vielleicht fuhren sie mit der Eisenbahn nach Paris. Die Eisenbahn kann man kaum kontrollieren.

Wenn ich es recht überlege, ist Fanny kein Typ für Abenteuer. Und man weiß bei ihr immer schon, was sie als nächstes sagen wird oder tun. Zum ersten Mal denke ich über sie nach. Süß, ja. Aber wie eine Cremeschnitte. Eigentlich sind alle Cremeschnitten ein bißchen fad. Ich habe mich an Fanny gewöhnt wie an die Blümchentapete in meinem Zimmer, die ich mir auch nicht ausgesucht habe. Beide waren einfach von Anfang an da.

Meine sanfte Fanny. Jetzt habe ich direkt ein schlechtes Gewissen. Wir sind beide Mädchen. Aber sie ist ein weibliches, und ich bin ein männliches Mädchen.

Trotzdem bin ich ratlos. Fanny hat einen

Bruder und eine Freundin. Dann noch einen Chef, meinen Papa. Und wir haben alle drei keine Ahnung. Ihre Großmutter ist, soviel ich weiß, nicht mehr zurechnungsfähig. Hat Fanny sie trotzdem ins Vertrauen gezogen oder gerade darum?

Also gut, ich schwänze meine Vorlesungen ohnedies seit zwei Tagen. Das Damenstift ist nur drei Ecken weiter, in der Johannesgasse. Ich werde die Großmama, und vielleicht hätte ich das längst tun sollen, einmal besuchen.

*

Bin ich froh, daß ich wieder draußen bin! Also alt möchte ich auf keinen Fall werden. Dabei schaut sie wie vom Zuckerbäcker gemacht aus, die kleine Dame auf dem grünen Plüschsofa. Sie ist in ein fliederfarbenes Negligé gehüllt und von Kopf bis Fuß zierlich. Über andere Leute bricht die Zeit herein wie ein Sturm und macht sie unkenntlich. Auf der Großmama liegt sie gerade nur wie ein Spitzenschleier, unter dem noch immer das junge Mädchen von einst sitzt. Der graue Bubikopf bildet keinen Kontrast zu den Kirschaugen und der kecken, winzigen Nase.

Nur, sie lächelt und lächelt und lächelt. Ganz egal, was man sagt. Oder fragt. Ich bin gar nicht sicher, daß sie sich noch an Fanny erinnert. Und die Idee, daß sie ihre Vertraute war, erscheint mir jetzt völlig absurd.

Dabei erinnere ich mich noch gut an ihre Biskuits jeden Sonntag und an die Spaziergänge im Stadtpark, zu denen sie mich manchmal mitnahm. Einmal kaufte sie mir einen roten Fisch aus Plastik, und wir ließen ihn im Teich schwimmen. Mit ihrer hübschen Altstimme sang sie uns traurige Lieder vor, die wir alle nicht mochten. Irgendein Nebel lag wohl auf ihrem Gemüt. Aber er war nicht so gespenstisch wie dieses Lächeln.

Ich sage, daß ich bald wiederkommen werde, und meine es nicht. Aber was jetzt? Soll ich zu Michael gehen? Nein, lieber nicht. Schließlich habe ich einen Papa, der schon zweimal für den Nobelpreis vorgeschlagen wurde, auch wenn er ihn nicht bekam. Es ist ein komisches Gefühl, wenn man so nah verwandt ist mit einem Genie. Natürlich ist das Genie völlig unpraktisch, aber das ist Michael auch.

Ich werde also Papa um Rat fragen ...

*

Eine totale Pleite. Papa soll zwar eine große Nummer als Theologe gewesen sein, aber das war vor meiner Geburt. Als er dann anfing, Thomas als Evangelisten zu favorisieren, büßte er eine Menge römisch-katholischen Wohlwollens ein. Also warf er sich auf die Naturwissenschaften und versetzte etliche Physiker mit einer Metaquantentheorie in Entzücken. Zuletzt hat er irgendetwas über Daten herausgebracht, die man in Wasser speichern und von ihm abrufen kann.

Meiner Meinung nach völliger Nonsens. Es ist nur ein Glück, daß er das Ganze geheim hält. Einmal hab ich sein Zauberwasser mit Wodka vertauscht, da war er vielleicht böse. Aber zuletzt lachten wir beide. Papa läßt sich wunderbar necken, denn trotz seiner Gescheitheit ist er noch immer ein Kind. Man darf ihm das nur nicht sagen, sonst führt er sich wie ein Erwachsener auf.

Jetzt hat er die elektronische Schreibmaschine zerlegt und kann sie nicht mehr zusammensetzen. Dabei wollte er nur die Farbkassette auswechseln. Eine Tragödie, für die er Fanny persönlich verantwortlich macht.

Ich habe Papa nicht beschrieben, weil ich nicht glaube, daß er eine Rolle in dieser Geschichte spielt. Aber vielleicht sollte ich es trotzdem tun. Also er ist alt. So alt, daß er mein Großvater sein könnte. Er ist groß, mager, und das Fuchshaar auf seinem Kopf wird langsam dünn. Ohne Brille ist er völlig hilflos. Mit Brille auch. Er hat bernsteinfarbene Augen, die auch dann lächeln, wenn er zornig ist, und wunderschöne Hände, ganz schmal. Die Nase ist auch schmal, aber lang und ein bißchen schief. Am liebsten trägt er dunkelblaue altmodische Anzüge. Mit Krawatte natürlich, und er rasiert sich täglich zweimal. Wenn er irgendwo hereinkommt, schauen alle Leute ihn erwartungsvoll an. Auch die Frauen, was er Gott sei Dank nicht bemerkt. Seine Stimme klingt zerkratzt wie eine billige Geige. Trotzdem hört jeder gebannt zu, wenn er spricht. Und er lacht viel, am meisten über sich selbst.

Jetzt lacht er nicht.

*

Ich bin nicht zu Michael gegangen, sondern er kam zu mir. „Es hat sicherlich nichts zu bedeuten“, sagt er. „Aber gestern war der 1. November.“ Er starrt auf seine Hände. Komisch, daß Michael heute Handschuhe trägt. Um die Jahreszeit frieren höchstens die Alten. Die Handschuhe sind silbergrau. Wie seine Augen. Mit dem engen schwarzen Mantel schaut er noch größer aus. Manchmal kommt es mir vor, daß sein Kopf weiter von mir entfernt ist als der Stephansturm.

„Du hast dich schwarz angezogen“, frage ich. „Warum?“ Das ist wie ein böses Omen. „Heute“, sagt er, „ist Allerseelen. Fanny und ich gehen jedes Jahr zu Allerseelen an die Donau.“ Das wußte ich nicht, sie hat mir also nicht alles gesagt. „Warum“, frage ich, „an die Donau?“ „Weil sie ins Meer fließt“, sagt er. „Das Flugzeug ist über dem Meer abgestürzt. Unsere Eltern sind ertrunken, sie haben kein Grab.“ Ein Schatten zieht über seine Augen wie eine Wolke über den Mond. „Ich frage mich, ob Fanny ...“ Und er schaut mich erwartungsvoll an. „Du glaubst, sie ist dort?“ „Ich weiß es nicht“, sagt er. „Aber wir könnten es wenigstens versuchen.“ „Komm“, sage ich.

*

Wir fahren mit der U-Bahn. Michael schaut aus dem Fenster, den Kopf von mir weggedreht, und spricht nicht ein einziges Wort. Dann gehen wir, wer weiß wie lang, durch die Donau-Auen. Möwen schreien in der Luft, und die Dämmerung fällt vom Himmel wie grauer Schnee. Außer uns beiden treibt sich kein Mensch hier herum.

Oder doch? Hat es nicht eben geraschelt im dürren Laub, als bewegte sich jemand hinter den Weiden? Ich halte den Atem an und packe

Michaels Arm. Aber er scheint tief in seine traurigen Gedanken versunken zu sein. Was ich gehört habe, war wohl der Wind.

Plötzlich bleibt Michael stehen. „Das ist die Stelle“, sagt er. „Hierher sind wir immer gekommen.“

Ein gespaltener Baumstumpf. So schwarz, als wäre er verkohlt. Und keine zehn Schritte weiter die Donau, bleigrau. Ich weiß nicht, warum mich ihr Rauschen auf einmal erschreckt. Etwas Weißes weht mir vor die Füße. Ein Taschentuch, ein Fetzen Papier? Ich will danach greifen, aber schon taumelt es weiter. Michael schaut ihm nach wie einem Gespenst. „Seit damals ...“ Seine Stimme klingt gepreßt. „Seit wir Kinder waren, Fanny und ich. Jedes Jahr ein Brief. Wir schreiben ihn am Abend vor Allerseelen, und am nächsten Tag werfen wir ihn in die Donau.“ „An wen ...“ Ich schlucke die blöde Frage hinunter. Hat der Wind sich gedreht? Denn beim nächsten Atemzug rieche ich es. Maiglöckchen. Fannys Parfum! „Sie ist da“, juble ich. „Sie ist ganz in der Nähe!“ Und ich fange zu rufen an.

Aber alles bleibt still. Nur die Donau rauscht und der Wind. „Wir schreiben schon lang keine Briefe mehr“, sagt Michael. „Aber früher haben wir unseren Eltern immer alles erzählt.“

Bevor ich einen Gedanken fassen kann, ist es passiert. Ich habe Michaels Kopf zu mir heruntergezogen und ihn auf den Mund geküßt. Er fühlt sich schmal an und kalt. Rasch trete ich einen Schritt zurück. Und wollte, es wären tausend Schritte. „Ich finde die Idee wunderschön“, sage ich lahm.

Michael lacht, und es klingt wie Metall. „Großmamas wunderschöne Idee“, sagt er. „Direkt genial. Wie man Kinder durch die toten Eltern kontrolliert. Wir mußten praktisch in diesem Brief beichten, ohne Absolution, und dann fuhr sie mit uns zur Donau.“

„Glaubst du, daß Fanny ...“, frage ich und denke an dieses weiße Ding im Wind. Michael schüttelt den Kopf. „Sie ist ziemlich sentimental“, sagt er. „Du solltest das wissen. Aber seit ihrem siebzehnten Geburtstag und meinem ..“ Er lächelt. Ohne Vorwarnung reißt er mich an sich. Er spannt seine Hände so kraftvoll um meinen Hals, daß es schmerzt. Wieder höre ich die Möwen schreien. Auch Raben. Und dann höre ich jemanden schluchzen. Ist das wirklich Michael? Michael ...

Hand in Hand gehen wir zurück. Das Mondlicht liegt wie ein Brautschleier über der Au, und ich möchte singen und singen. Als ich stolpere, fängt Michael mich auf. Er bückt sich. Im welken Gras liegt ein schwarzer Schwan. Aus dem Hals rinnt noch immer Blut. Der Kopf daneben ... Etwas würgt mich. Aber statt mich zu übergeben, fange ich an, haltlos zu weinen. Michael nimmt mich in seine Arme und wiegt mich, oder wiege ich ihn?

*

Papa hat ein Riesentheater gemacht, weil ich erst um Mitternacht heimkam. Er saß nicht an seinem Schreibtisch. Er saß auf der weißen Wäschetruhe im Vorzimmer und wartete auf mich.

Ich dachte schon, er wäre übergeschnappt. Denn meine Liebesgeschichten sind ihm sonst völlig egal. Er bebte geradezu. „Wo“, schrie er, „ist Stephanie?“

Im ersten Augenblick dachte ich, sie hätten etwas miteinander. Mädchen verlieben sich manchmal in Männer, die ihre Großväter sein könnten. Und umgekehrt geht es noch leichter. Daß ich davon nichts gemerkt habe . . .

Aber es gab wohl nichts zu bemerken, denn er machte sich nicht um sie Sorgen, sondern um sein Manuskript. Fanny scheint einen Teil seiner Notizen am Abend vorher mit nach Hause genommen zu haben, denn er hatte es eilig. Da sie zu den wenigen gehört, die seine Schrift lesen können und überdies in die Materie eingetippt war . . . „Wenn Fanny bis dahin nicht zurück ist, liegt das Manuskript jedenfalls in ihrem Zimmer. Ich werde gleich nach dem Frühstück hingehen.“ „Nein“, fauchte er. „Jetzt!“

So unlieb war mir das gar nicht. Michael würde zwar denken, Papa wäre verrückt. Aber das dachte ich schließlich auch. Und Genies dürfen ruhig verrückt sein, das macht nichts. Sogar, wenn man verwandt ist mit ihnen.

Vielleicht, weil ich glücklich war, setzte ich mich auf seinen Schoß wie damals, als ich noch ein Kind war. Komisch, aus der Nähe wirkt er viel jünger. Wäre ich nicht Floralind, sondern Fanny . . . Vielleicht!

„Hast du nach Mama nie wieder . . .“ frage ich. Er macht seine Bernsteinaugen zu. „Du solltest mir nicht solche Fragen stellen“, sagt er, und dann lachen wir beide. „Was ist mit Fanny?“ fragt er und ist wieder ernst. „Machst du dir Sorgen?" „Ich weiß nicht", sage ich. „Hast du dir Sorgen gemacht, wenn ich mal ausgeflippt bin und länger wegblieb?" „Du!" sagt er. „Das ist etwas ganz anderes. Du kannst auf dich selbst aufpassen." Woher wußte er, daß Fanny es nicht kann? Boß und Sekretärin. Oder war es doch mehr? „Magst du sie?" „Sie tippt fehlerfrei", sagte er, „und sie schreibt sogar Fremdwörter richtig. Fachausdrükke!" „Dabei möchte sie nichts anderes, als die Ophelia spielen." Ich muß grinsen. „Oder irgendeine andere Tragödie." „Ja", sagt Papa. „Vielleicht tut sie das jetzt."

*

Im dritten Stock in der Bräunerstraße brennt noch Licht. Obwohl ich natürlich Schlüssel von Fanny habe wie sie von mir, klingle ich an der Haustür. Sie geht fast sofort auf.

Vielleicht ist er vor lauter Freude nervös. Jedenfalls führt Michael sich auf, als wäre ich der Gerichtsvollzieher persönlich. Ich erkläre also relativ kühl, daß Papa mich schickt, und warum. Geradezu hastig führt er mich daraufhin in Fannys Zimmer.

Weißgoldene Möbel. Gott allein weiß, aus welcher Auktion Großmama dieses Gerümpel angeschleppt hat. Die knallrote Canon-Schreibmaschine wirkt total deplaziert. Wir suchen den ganzen Tisch ab, die Kommode und sogar noch das Bett. Es ist tadellos, also hat Fanny es gestern früh noch gemacht.

Michael scheint es eilig zu haben, mich loszuwerden. Ich ertappe ihn, wie er zwei oder dreimal einen besorgten Blick auf die Uhr wirft. Nun ja, für einen Besuch ist es vielleicht wirklich schon spät.

„Servus“, sage ich und lasse mir die Enttäuschung nicht anmerken. Michael will mich nach Hause begleiten, aber das lehne ich ab. „Danke, ich kann selbst auf mich aufpassen.“ Ich bin nicht so wie Fanny.

*

Am Morgen bin ich gespannt wie eine Feder. Wird Fanny kommen? Papa hat sich ohne Frühstück in sein Arbeitszimmer zurückgezogen. Als ich hineingehe, sitzt er nicht an seinem Schreibtisch. Er steht am Fenster und schaut auf die Straße. Keine Frage, daß er mich gehört hat. Aber er dreht sich nicht um. So gehe ich wieder hinaus. Nach der dritten Schale Kaffee rufe ich Michael an.

Er fragt gar nicht, ob ich es bin oder wer sonst. Er sagt nur: „Sie ist noch immer nicht da.“ Jetzt, glaube ich, muß etwas geschehen. „Treffen wir uns?“ „Ja“, sagt er. „Aber um zehn habe ich Vorlesung.“ Wieso denkt er daran, wenn so etwas passiert? Ich habe auch Vorlesung, aber Fanny ist wichtiger. Michael studiert Medizin und will sich später auf Neurologie oder Psychiatrie spezialisieren. Er bummelt nicht, schafft es schneller als die anderen. Aber trotzdem . . .

Ich hole ihn an der Ecke Graben-Bräunerstraße ab, und erst als ich schon da stehe, muß ich an die rote Regenpelerine denken. Das ist jetzt vierundzwanzig Stunden her. Wie das glorifizierte Unheil erhebt sich die Pestsäule vor mir.

Heute regnet es nicht. Eine bleiche Novembersonne scheint, und da kommt Michael schon. Er küßt mich auf die Wange. „Müssen wir nicht die Polizei verständigen?“ frage ich. Wir gehen nebeneinander über den Graben und dann durch die Naglergasse. „Hör zu“, sagt er. „Wir treffen uns um punkt eins im ‚Bistro‘. Dann überlegen wir, was zu tun ist.“ Diesmal küßt er mich richtig und dreht sich sogar um und winkt. Zweimal. Ich schaue ihm nach, wie er durch die Schottengasse davongeht. Irgendetwas irritiert mich, und ich brauche eine ganze Weile, ehe ich weiß, was es ist. Michael geht wie ein alter Mann. Nein, nicht langsam. Wie ein alter Mann, der es eilig hat. Aber natürlich, wir haben alle nicht viel geschlafen letzte Nacht.

Ich muß an den schwarzen Schwan mit dem abgeschnittenen Hals denken und an Fannys Maiglöckchen-Parfum. Und wenn sie doch da war? Wenn wir bloß nicht gründlich genug nach ihr suchten?

Ich will den Gedanken nicht zu Ende denken und tue es doch. Sie war in unserer Nähe, vielleicht keine zwei Schritte von uns entfernt. Und sie war nicht allein. Jemand, der dem Schwan den Kopf abgeschnitten hat, war bei ihr. Hinderte sie daran, sich bemerkbar zu machen. Dann kam die Nacht, und sie war mit ihm allein. Oder mit ihr.

Mein Gott, wir müssen sofort etwas tun. Ich mache eine Kehrtwendung und renne los, direkt in einen Polizisten hinein. Während er mich empört anstarrt, überlege ich fieberhaft, ob ich die Gelegenheit beim Schopf packen und ihm alles erzählen soll. Nur, irgendetwas stimmt nicht bei der Geschichte. Wenn Fanny in die Au gegangen ist, tat sie das freiwillig. Es war ihre Idee. „Pardon", murmle ich und renne weiter, ich muß Michael einholen, bevor die Universität ihn verschluckt. Zu meiner großen Erleichterung entdekke ich ihn auf der Rolltreppe unter dem Ring. Wie eine Marionette fährt er hinab und wieder hinauf. Aber was ist das, er hat ja eine falsche Treppe genommen? Hier kommt er nicht bei der Universität heraus, sondern ...

Ich mache den Mund auf, um hinter ihm herzurufen. Aber ich tue es nicht. Statt dessen schleiche ich, wie ich das in Detektivfilmen gesehen habe, Michael nach. Ich beschatte ihn, und ich bin selbst darüber perplex.

Er geht die Währinger Straße hinunter und biegt rechts in die Kolingasse ein. Bei einem Maronibrater kauft er ein Stanitzel Maroni, aber er rührt sie nicht an. Steif verschwindet er im Haus Nummer neun, und als ich ihm auch da folgen will, verwandeln sich meine Füße in Stein. Unmöglich, ich kann sie nicht heben. Und warum soll er keine Freundin haben? Das Natürlichste von der Welt! Das mit Michael und mir ist doch erst gestern passiert. Vielleicht sagt er es ihr gerade, während sie auf der Bettkante sitzen und heiße Maroni essen, aus purer Verlegenheit. Vielleicht macht sie ihm eine Szene und wirft ihm dabei die Schalen ins Gesicht. Ich lache beinahe, und das Gewicht rinnt aus meinen Beinen. Ich hebe sie nicht gerade wie eine Ballerina, aber ich schlurfe immerhin zurück in den ersten Bezirk. Kommt überhaupt nicht in Frage, daß ich vor der Universität Posten stehe! Soll er zu seinen blöden Vorlesungen gehen oder nicht, es ist mir egal.

Wenn man nicht in der Stimmung ist, etwas Vernünftiges mit drei Stunden anzufangen – wie schlägt man sie tot? Gäbe es wenigstens ein Vormittags-Kino! Vermutlich, um mich für mein Selbstmitleid zu bestrafen, gehe ich noch einmal ins Damenstift. Vielleicht hat die Alte gerade jetzt einen hellen Moment?

Natürlich hätte ich ein paar Blumen mitbringen sollen. Oder wenigstens Schokolade. „Guten Morgen", sage ich reuevoll. Sie sitzt schon wieder auf dem grünen Sofa oder noch immer. Aber zu meinem Entsetzen streckt sie ihre dünnen Arme, die wie Bambusrohr aus einem rosa Seidenkimono ragen, nach mir aus. „Fanny, mein Kind . . ." Ich räuspere mich und warte, bis sie den Irrtum bemerkt. Aber sie denkt nicht daran! „Ich habe mir Sorgen gemacht", sagt sie und verzieht ihren blassen Mund, als würde sie gleich anfangen zu weinen. „Du weißt schon, wegen Mischa und dir." Nein, ich weiß nichts. Aber als sie beharrlich auf das Sofa klopft, setze ich mich neben sie.

„Es ist eine Sünde." Ihre Stimme ist so leise, als wollte sie sich selbst lieber nicht hören. „Eine große Sünde und ein noch größeres Unglück." „Was?" frage ich und komme mir völlig daneben vor. Sie schüttelt den Kopf. „Sogar die Tiere . . .", fängt sie an, und dann verliert sie den Faden. „Sie geben mir hier jeden Tag Fleisch!" Sie schüttelt bekümmert den Kopf. „Ich will nicht, daß Tiere meinetwegen sterben müssen. Kannst du nicht etwas tun?" „Klar", sage ich. „Wenn ich in die Küche gehe und sage, daß Sie lieber Spinat . . ." Aber schon hat ihr Geist wieder einen kleinen Sprung getan. „Meine Schuld", jammert sie. „Das ist alles meine eigene Schuld. Aber wenn man noch jung ist und schon ganz allein . . ." Da ich die traurige Geschichte zur Genüge kenne, stoße ich jede Menge bedauernder Laute aus. Obwohl es ja seine Gründe gehabt haben wird, daß der Ehemann sofort nach der Hochzeitsnacht floh. Sie muß ihm entweder Langeweile oder einen gewaltigen Schrecken eingejagt haben. Und ich schaue sie nachdenklich an.

Wahrscheinlich war sie früher sehr schön. Mich stört die Hieroglyphenschrift der Falten in ihrem Gesicht nicht, im Gegenteil, ich würde sie gerne entziffern. Aber schließlich bin ich kein Mann; nicht wirklich. Jedenfalls, ihr Knochenbau ist noch immer sensationell.

„Wissen Sie", frage ich, „wo Fanny ist?" Sie schaut mich an, als erwachte sie aus einem Traum. Keinem guten Traum, und sie stöhnt. „Du bist", sagt sie, „also die andere." Und sie beugt sich vor, beugt sich zu mir, daß ihr von Veilchenpastillen flirrender Atem mich einnebelt. „Sieh dich vor, Flo", flüstert sie. „Da ist etwas Böses im Gang." Ich hauche einen Kuß auf ihre Schläfe und . . . ja, eigentlich bin ich geflohen. Ich auch.

*

Wie eine Statue steht Michael vor dem „Bistro". „Warum bist du nicht hineingegangen?" „Wir bleiben besser allein." Ich verstehe, was er meint.

In dem kleinen Lokal hört man jedes Wort. Wir kaufen uns ein paar Krapfen und setzen uns im Volksgarten, und da sind wir wirklich die einzigen, auf eine Bank. „Was hast du gemacht?“ „Ich habe gelesen.“ Warum lüge ich denn? Warum sage ich nicht, wo ich war? Das ist mir so herausgerutscht, und wie soll ich es rückgängig machen? Trotz der Kälte wird mir ganz heiß im Gesicht, das Drama der Rothaarigen.

„Und du?“ Michael gibt keine Antwort. Dann, nach einer Ewigkeit. „Ich habe dich angerufen, aber du warst nicht da.“ Ich möchte weinen und lachen zugleich. Ich? Ich war nicht da? „Ich habe mit deinem Papa gesprochen“, fährt er fort. „Aber er redete nur von seinen kostbaren Notizen.“

Armer Papa. Jetzt fehlt ihm womöglich in seinem Puzzle ein Stein, und er kriegt den Nobelpreis zum dritten Mal nicht. Obwohl ich nicht das Gefühl habe, daß er wild auf ihn ist. „Papa pfeift auf den Nobelpreis!“ Ich blitze Michael an. „Bitte?“ Ich muß lachen über sein Gesicht, muß trotz allem lachen, und im nächsten Augenblick liegen wir einander in den Armen. Aber Michael lacht nicht, und obwohl er mich fast zerdrückt, ist er so steif wie eine Puppe.

„Weißt du was“, sage ich, „wir gehen jetzt in die Bräunerstraße und suchen die ganze Wohnung ab.“ „Wie meinst du das?“ fragt er. „In den Kriminalromanen findet der Detektiv manchmal etwas Wichtiges im Papierkorb. Oder in der Kaminasche.“ „Ich lese keine Kriminalromane“, sagt Michael kurz. „Außerdem haben wir Zentralheizung.“ Er scheint einfach nicht zu verstehen, worauf es ankommt.

Wir gehen, starren den Asphalt vor unseren Füßen an und reden alle zwei nichts.

*

Ich finde Fannys Taschenkalender neben dem Telefon, er ist mit lauter blauen Blumen bemalt, und das Herz wird mir schwer. Ich blättere die Seiten rasch durch. Fast alle eingetragenen Termine kenne ich, denn sie betreffen Papa oder mich. Kein Männername, nicht ein einziger. Sie hat mir nie von Rendezvous erzählt, das ist wahr. Aber daß sie auch nie welche hatte? Traurig. Hingegen besuchte sie jeden Dienstag die verdämmernde Großmama. Gestern war Dienstag, und ich war bei ihr. Hat sie mich deshalb mit ihr verwechselt?

Aber auch heute! „Was ist eine Sünde?" „Hm?" Michael schaut mich argwöhnisch an. Vielleicht sollte ich etwas lauter denken, damit der andere mich auch hört. „Wenn ihr zu Großmama auf Besuch geht", fange ich an, und dann weiß ich nicht weiter. „Ich gehe nie", sagt Michael. „Sie hat es –" Er weiß auch nicht weiter. Mitten im Satz macht er den Mund wieder zu und kramt lustlos in Fannys Schubladen herum.

Sie hat es nicht gern? Oder am Ende verboten? Ich möchte es wissen, aber so etwas fragt man vielleicht nicht. Außerdem ist die Alte total hinüber, und so spielt es wohl keine Rolle. Sie hat es mir erlassen! Das wird Michael gemeint haben, genau.

„Aber irgendwen außer uns muß sie doch noch gekannt haben?" „Du weißt", sagt Michael, „wie sie war." „Wieso war?" Wir schauen einander erschreckt an. „So etwas darfst du nicht sagen! Es ... Es bringt Unglück." „Das Unglück", sagt Michael leise. „Ich glaube, es ist schon da." „Nein!" Denn ich habe einen Namen im Kalender gefunden, und ich klammere mich an ihn, als könnte er Fanny vor dem Sturz in den Abgrund bewahren. „Siehst du, wir wissen beide nicht alles. Und vielleicht wissen wir nichts. Wer ist Toni?"

Die Schublade, die Michael halb aus der Kommode gezogen hat, fällt polternd auf den Boden, und jetzt liegt der ganze Krimskrams im Zimmer herum. „Keine Ahnung!" Und er zeigt anklagend auf das Durcheinander. „Das sammeln wir schon wieder ein", sage ich, und wir knien uns beide hin.

Während wir Nylons, Nähzeug und bunte Watteböllchen wieder einräumen – so ordentlich ist Fanny also auch wieder nicht – stelle ich mir Toni als schwarzlockigen Star eines Kellertheaters vor. Ich kenne doch Fannys Leidenschaft für die Bühne! Nach irgendeinem schwachsinnigen Stück über die Tragik des Lebens wird sie ihn um ein Autogramm gebeten haben, und ... Nein, nicht Fanny. Die ist sogar dazu zu schüchtern. Also gut, er sah sie in der dritten Reihe sitzen, als er den düsteren Helden spielte, und verliebte sich auf der Stelle in sie. Er floh den Applaus, schminkte sich nicht einmal ab, so eilig hatte er es, und war noch vor ihr beim Ausgang. „Wenn Sie jetzt nicht ein Glas Wein mit mir trinken, töte ich mich!"

„Du dich?" Michael starrt mich entgeistert an, das kommt davon, wenn man laut denkt. „Nein, Toni. Sich selbst." Er murmelt etwas von Wein, und ich strahle ihn an. „Vergiß es! Während wir ihre Strümpfe durchsuchen, ist Fanny mit diesem Typ Toni unterwegs. Du weißt schon. Gerade die Stillen, die nie ein Wässerchen trüben, erwischt es. Die Liebe kommt wie ein Steinschlag über sie." Das ist vielleicht kein besonders guter Vergleich, aber Michael hat mich verstanden. „Deiner Meinung nach", sagt er, „ist Toni ein Mann?" „Klar, eine Freundin hat sie ja schon."

„Flo", sagt er und küßt mich. Zum Glück nennen meine Freunde mich alle so, nur Michael sagte Floralind oder gar nichts, und da war mir gar nichts noch lieber. Ich küsse ihn auch, und er schmeckt nach Erdbeeren und Pfeffer. Käme Fanny mit ihrem verdammten Toni zur Tür herein, das Glück wäre kaum auszuhalten. „Mischa", sage ich. „Darf ich dich Mischa nennen? Bei Michael muß ich immer an den Erzengel denken." Er seufzt, und das ist auch eine Antwort.

„Wir müssen jetzt ausfindig machen", sage ich, „wer Toni ist. Und wo er wohnt. Dann gehen wir sofort hin!" Er läßt mich abrupt los. „Wo steht das in ihrem Kalender?" Ich zeige ihm die Stelle. „30. Oktober, 19 Uhr, Jesuitenkirche. 3 Kerzen anzünden."

Wir schauen uns an. „Also gut", sage ich. „Sie kann sich auch mit dem heiligen Antonius dort getroffen haben, weil sie ihren linken Ohrring verloren hat. Und die Kerzen zündete sie nur an, damit er sie findet." Ich stupse ihn mit der Nase. „Mischa, merkst du noch immer nicht, daß wieder alles in Ordnung kommt?"

Aber Mischa sagt etwas Komisches, er sagt: „Es gibt keine Ordnung."

„Vielleicht", rede ich ohne Zusammenhang,

„hat sie ihn durch ein Inserat kennengelernt. Oder es war eine Wette, ein Jux." Und gleichzeitig denke ich, nein. Spaß ist für Fanny ein Fremdwort. Ein Inserat? Nun ja, verklemmt genug ist sie.

„Vielleicht müssen wir doch zur Polizei gehen", sage ich. „Wenn er nun ..." Ich versuche, das Wort zu unterdrücken, doch es gelingt nicht. „Wenn Toni ein Mörder ist?"

Mir wird auf einmal ganz komisch. „Hast du irgendwo Brandy?" „In meinem Zimmer", sagt Michael. „Irgendwo hinter den Büchern." Ich unterdrücke ein wirklich unpassendes Kichern. Hätte ich Mischa nie zugetraut! Eigentlich nett. Ich gehe in sein spartanisches Zimmer, das von van Gogh ist eine wahre Luxusklause dagegen. Bücher allerdings gibt es genug. Da kann ich lange suchen! Nicht sehr aufmerksam von ihm, daß er mir nicht dabei hilft. Er wird doch wissen, wo er den Tröster versteckt hat. Vor Fanny? Jetzt, wo ich allein bin, kann ich ja lachen. Obwohl es sich schließlich herausstellt, daß ich keinen Grund dazu habe. Das einzige, was ich an Flüssigem finde, ist ein Flacon von Fannys ödem Maiglöckchen-Parfum.

„Was treibst du so lang?" Mischa steht in der Tür. Ich will etwas Böses sagen, aber er packt mich verstört bei den Schultern. „Vielleicht sind sie bloß im siebenten Himmel", sagt er. „Aber ich glaube es nicht. Wir sollten die Polizei einschalten. Jetzt gleich."

Ein Verbrechen. Ecke Bräunerstraße und Graben? Um neun Uhr früh, wo alles unterwegs zu den Friedhöfen war? Trotzdem nicke ich. Ich hole meine Handtasche von Fannys Schreibtisch. Er ist sonderbar leer. Nichts deutet darauf hin, daß ein lebendiger Mensch mit einer Biographie, wenn auch einer noch so farblosen, daran saß. Und wo sind, wenn schon nichts anderes, Papas legendäre Notizen?

Wir wollen eben losziehen, als Mischa eine Eingebung hat. Er hebt nämlich den Deckel von der Schreibmaschine hoch – und wirklich, da steckt ein Blatt Papier drin. Kopf an Kopf lesen wir, was da mit Großbuchstaben steht: *BITTE SUCHT MICH NICHT! WARTET, BIS ICH MICH MELDE. FANNY.*

Was dachte ich eben noch über eine farblose Biographie? Mischa setzt sich auf den Fußboden – Sternparketten, schießt es mir idiotisch durch den Kopf – und starrt erbittert die Wand an. „Das hätte sie mir auch sagen können!"

Richtig. Die Frage ist nur, warum tat sie es nicht? „Vielleicht", sage ich, „warst du nicht da." „Ja", sagt er und ist irgendwie erleichtert. „Ihr frühstückt nicht immer zusammen?" „Nein, immer nicht." „Und gestern?" Er schlägt sich zweimal mit der Faust auf die Stirn. „Ich weiß es nicht mehr."

Klar, auch mir dreht sich schon alles im Kopf herum. „Sollen wir tun, was sie will?" Er hat beide Hände vor sein Gesicht geschlagen und schaut mich zwischen gespreizten Fingern an: „Was meinst du?"

Ja, was meine ich? Papa jedenfalls fängt an, sehr ungeduldig zu werden. Als ich Mischa darauf aufmerksam mache, steht er auf. „Kannst du nicht mit ihm reden?" „Nicht, wenn diese Geschichte ein Loch in sein Manuskript macht. Sein Computerwasser ist ihm bestimmt wichtiger als Fannys Eskapaden. Wenn ..." Ich werde auf einmal sehr unsicher. „Wenn es wirklich nur Eskapaden sind."

„Nur?" Völlig unerwartet fängt er zu lachen an, aber besonders lustig klingt es nicht. „Du kennst Fanny!" „Da bin ich", sage ich langsam, „nicht mehr so sicher."

Mischa kocht Kaffee, und wir setzen uns in die Küche. Jetzt ist es schon vier. Allmählich bekomme ich eine Stinkwut auf Fanny. Hätte ich mich damals in der Schule bloß neben ein anderes Mädchen gesetzt! Zum Beispiel neben die Magere mit den schwarzen Stirnfransen oder überhaupt allein in die letzte Bank. Allerdings gäbe es dann in meinem Leben keinen Mischa. Während ich die Zuckerdose wegschiebe, ich trinke Kaffee immer bitter, frage ich mich, ob ich verliebt in ihn bin, ob ich ihn liebe, oder ob ich einfach Lust auf ihn habe? Ich glaube, alles zusammen. Mischa ist irgendwie anders als alle jungen Männer, die ich kenne. Und natürlich auch als die älteren. Warum fällt mir jetzt auf einmal Peter Leclerc ein? Er hat bei Papa studiert, und Papa ist sein Doktorvater gewesen. Keine Ahnung, worüber er dissertiert hat. Ich war damals erst vierzehn, und er zog mich an den Zöpfen. Bevor er eine Assistentenstelle und später eine Dozentur an der Universität kriegte, war er Papas Privatsekretär. Ja, eigentlich ein Vorgänger Fannys.

Plötzlich weiß ich, warum er mir einfällt! Die Kolingasse. Dort wohnte er damals, und vielleicht wohnt er noch immer dort. Papa schickte mich manchmal hin, um etwas zu bringen oder zu holen. Vielleicht war es dasselbe Haus ... Nein, ich werde das Thema Kolingasse nicht anschneiden, kommt überhaupt nicht in Frage. Lieber noch einmal Mumps kriegen, als eifersüchtig sein!

„Ich frage dich jetzt zum dritten Mal", sagt Mischa, und dann verstummt er gekränkt. Es scheint, daß ich nie erfahren werde, wonach. Denn er steht abrupt auf. „Ist dein Vater zu Hause?" Ich nicke. Seit er unsere Wohnung in ein Laboratorium umgewandelt hat, muß er nicht mehr ausgehen. Höchstens zu den Mahlzeiten in den „Grünen Anker" oder in den „Regenwurm". Aber meistens koche ich für uns beide. Reis oder Gemüse, da Papa Vegetarier ist, und ich schnipsle mir einfach Frankfurter in den Teller.

„Ich begleite dich", sagt Mischa. „Wenn du allein mit ihm klarkommst, ist es gut. Aber für alle Fälle warte ich im Park."

„Du wirst dich ganz schön erkälten", sage ich, als Mischa sich auf die Bank im allerkleinsten Park Wiens in der Nikolaigasse setzt. Aber er sagt nur ungeduldig: „Das ist doch jetzt ganz egal!" Also gehe ich gehorsam in unsere Wohnung, die sich über den ganzen vierten Stock ausbreitet, hinauf.

An der Wohnungstür kommt mir Mozart entgegen. Papa hat also eine Platte aufgelegt. Er hat mir einmal gesagt, daß er jedesmal Mozart spielt, wenn er nicht weiterkommt. Und nach zehn oder hundert oder tausend Takten tut sich irgendeine neue Tür, die er vorher gar nicht gesehen hat, für ihn auf.

Armer Papa, er steckt in einer Klemme. Auf Zehenspitzen gehe ich in sein Zimmer. Er liegt mit geschlossenen Augen auf dem schwarzen Diwan und sagt nur: „Hallo, Flo!“ „Alles in Ordnung, Pa?“, frage ich, und er sagt: „O nein.“ Ich setze mich auf den Rand seines Diwans und sage: „Fanny ist freiwillig fort.“ Er richtet sich kerzengerade auf. „Stell die Platte ab“, sagt er, und ich tue es. Dann, als es still ist im Zimmer: „Was soll das heißen?“ Es gibt keinen Grund, ihn zu belügen. Ich erzähle ihm also, was ich weiß.

„Das kann nichts und alles bedeuten“, sagt er. „Fanny ist vielleicht nur eine verliebte Gans. Aber sie trägt ein goldenes Ei.“ „Deine Notizen?“ frage ich, und er nickt. Verzweiflung ist in seinen Augen. „Wenn eine Intelligenz, größer als ihre eigene ...“ Er spricht nicht weiter, aber ich habe verstanden. „Wenn sie, was sie für dich tippt, einem Physiker von Graden zeigt“, sage ich, und er runzelt die Stirn. „Das wäre“, sagt er, „eine ganz schöne Katastrophe.“

„Eigentlich wollten wir zur Polizei gehen“, sage ich. „Aber ...“ Papa macht eine ungeduldige Bewegung. „Ich engagiere“, sagt er, „lieber einen Privatdetektiv. Den besten.“ „Hast du schon“, sage ich. „Sogar zwei.“ Und erzähle ihm, was Mischa und ich bisher unternommen haben. Sehr viel ist es ja nicht, denke ich. Besonders, was Mischa betrifft.

„Vergiß Michael“, sagt Papa. Kann er Gedanken lesen? Die gewisse Feuersäule. Sie steigt in mir hoch, und ich glühe. „Du bist verliebt in ihn?“ „Sieht so aus“, sage ich, so leichthin ich kann. Papa seufzt. „Also zwei Detektive“, sagt er. „Einverstanden! Nur, daß die beiden nicht Michael und Flo heißen, sondern Flo und ...?“ Er schaut mich aufmunternd an. „Und Universitätsprofessor Doktor Doktor Doktor? Ich werde verrückt!" „Und Karl Lerner", sagt er. „Jawohl!"

Ich weiß nicht genau, ob ich beklommen bin oder mich freue. Man kann eine Menge Spaß haben mit Papa, sogar in unspaßigen Situationen. Andererseits kommt es mir ziemlich irre vor. Ich sehe uns schon bei Nacht und Nebel hinter verkleideten Spionen herschleichen, die noch dazu Mörder sind. Bestimmt werden wir hinter einer dunklen Mauer zusammengeschlagen. Zuerst ich und dann er. Oder umgekehrt. Ich fürchte, wir werden einander keine große Hilfe sein. Andererseits, Mischa ist auch kein Boxertyp.

„Wahrscheinlich", beginne ich zaghaft, „brauchen wir so etwas wie einen Revolver. Obwohl ich nicht damit umgehen kann. Du?"

„Keine Ahnung", sagt Papa. „Ich habe es nie probiert. Es gibt andere Waffen." „Wasserpistolen?", frage ich hoffnungsvoll. Papa lacht. „Nein, Flo. Instinkt, Phantasie. Und auf eine intelligente Weise muß man auch verrückt sein." „Ist das nicht ein Widerspruch?" „Aber nein", sagt Papa. „Ein guter Jäger darf so wenig berechenbar sein wie das Wild, das er jagt. Ein guter Jäger ist immer ein Trickster."

Darauf gebe ich keine Antwort. Ich blinzle in die Zukunft, und ein Schreckensbild nach dem anderen steigt in mir auf. Bestimmt werden wir entweder auf dem Zentralfriedhof landen, oder im Irrenhaus. Vor lauter Angst werde ich hungrig. Ich schaue in der Speisekammer nach, was wir haben. „Erbsen, Karotten, Paradeiser?"

„Um Himmels willen!" Papa streichelt Rawuzl,

der laut knurrend seine eben erbeutete Knackwurst verspeist. „Heute feiern wir alle.“ „Ich dachte, wir wollen Detektiv spielen?“ „Hinterher“, sagt Papa. „Diese neue Partnerschaft beginnt mit einem Fest. Zieh etwas Langweiliges an, ich lade dich ein. Ins Sacher!“

*

Wir sind schon bei der Nachspeise, Salzburger Nockerln, da fällt es mir wie glühende Kohlen auf die Seele. Mischa sitzt noch immer im Park! Ich habe ihn glatt vergessen. „Werde nicht weinerlich“, sagt Papa. „Komm, trinken wir ein Glas!“ Dabei trinkt er sonst kaum, wenigstens nicht, wenn ich dabei bin. Aber der Wein ist wirklich gut. Beschwingt und schläfrig zugleich, überlasse ich mich einer nostalgischen Stimmung. Das noble Bühnenbild des „Sacher“ stammt noch aus der Jahrhundertwende. „Die Stars der Komödie“, sagt Papa, „die auch eine Tragödie ist, sind alle schon tot. Schau dich um! Lauter Komparsen an den Tischen.“ „Wir auch?“ frage ich, und das Lächeln auf seinen dünnen Lippen erlischt. „Hoffentlich!“

Papa bezahlt schweigend. Bei der Garderobe hilft er mir in den Mantel, als könnte ich mich nicht selbst anziehen, und als wir durch die holzgetäfelte Halle rauschen, stützt er fürsorglich meinen Arm. Denkt er, ich purzle sonst kopfüber in den nächsten Fauteuil? Armer Papa, er verträgt nichts. Ein Livrierter reißt uns die Glastür auf. Papa bedeutet ihm noch, daß wir kein Taxi brauchen, und dann schnappt er über. Vollends.

Er küßt mir nämlich die Hand. Ich ziehe sie zurück, als hätte ein Lama hineingespuckt. Papa blinzelt mir zu. „Ich erklär es dir später", murmelt er. „Machen Sie mir noch die Freude?" fragt er laut, als wäre ich schwerhörig. „Ich habe einen roten Champagner zu Hause, Jahrgang . . ."

Belämmert trotte ich neben ihm die Kärntner Straße hinunter. Abgesehen davon, daß wir weder weißen noch roten Champagner daheim haben, bin ich neugierig, wie er mir die Einladung in unsere eigene Wohnung erklärt. Nein, eigentlich bin ich gar nicht so neugierig darauf. Genie und Irrsinn treten angeblich gern als siamesische Zwillinge auf. Warum kann Papa nicht Ministerialrat sein oder meinetwegen Damenfriseur?

Und Michael sitzt auch nicht mehr auf der Bank. „Das macht nichts", sagt Papa, offenbar kann er jetzt auch Gedanken lesen. „Wir gehen später zu ihm." Wieso wir? Papa wird ihm doch nicht meine Hand antragen wollen?

Papa sperrt die Wohnungstür auf und, was wir sonst nie tun, wieder zu. „Hast du eine Puderdose?" fragt er. Stumm hole ich sie aus der Tasche. Wenn er jetzt anfängt, sich die Nase zu pudern, schreie ich laut.

Aber es ist meine eigene Nase, die er vorsichtig mit der Quaste betupft. Seit wann stört es ihn, wenn sie glänzt? „Schade um deine frechen Sommersprossen", sagt er. „Ich fand sie ausgesprochen nett."

Es dauert eine ganze Weile, bis ich begreife. Fannys Apfelblütenhaut! Ich soll also . . . „Lippenstift, Lidschatten?" fragt er. Ich schüttle den Kopf. „Besorgst du dir gleich morgen früh", sagt

Papa. „Was bist du für eine Dame?" Mißbilligend mustert er mich. „In der Bräunerstraße kleidest du dich entsprechend ein. So kann man bestenfalls auf den Fußballplatz mit dir gehen! Ich wünsche außerdem Formen. Verstehst du?" In der Annahme, daß ich es nicht verstehe, beschreibt er sie mit beiden Händen. Dabei muß er lachen, bis ihm die Tränen kommen. Wenigstens hoffe ich, daß es Lachtränen sind. „Du mußt viel mehr essen", sagt er und tupft sie mit dem Taschentuch ab. „Was deine Augen betrifft – kein Zeuge kann die Farbe von irgend jemandes Augen beschreiben."

Das Geheimnis des roten Champagners! Ich atme endgültig auf. „Also hast du mir gar nicht die Hand geküßt?" „Gott bewahre!" sagt Papa. „Die Hand habe ich Fanny geküßt. Von heute an . . ." Er lächelt. Irgendwie drohend, dieses Lächeln, finde ich. „Wie lang?" frage ich. Er zuckt nur die Achseln. „Ich erwarte dich täglich um neun", sagt er. „Punkt neun! Und ich rate dir, deine Maschinschreibkenntnisse radikal zu verbessern."

Auf einmal werde ich wütend. „Lädst du Fanny als Belohnung für hurtiges Tippen ein?" frage ich. „Ins Sacher und zur Veuve Cliquot hinterher?" „Darüber", erklärt er mit Würde, „reden wir ein anderes Mal. Üblicherweise flirtet ein Chef mit seiner Sekretärin, sofern sie hübsch ist." „Und Mischa?" wende ich ein. „Du glaubst doch nicht, daß er mich für Fanny hält!"

Papa faßt mich unters Kinn und schaut mir in die Augen. „Vergiß Mischa", sagt er. Er sagt es so eindringlich, und sein Gesicht ist gequält. Irgendwie kommt er mir fremd vor. Obwohl eigentlich ich es bin, die nicht mehr sie selbst ist. Ich schaue schnell in den Spiegel. Nun ja, wir sehen uns wirklich sehr ähnlich. „Aber wo bleibe ich?“ Die Frage platzt mir aus dem Mund. Papa taucht im goldenen Rahmen des Spiegels auf, als käme er direkt aus dem Wasser. Ich wundere mich beinahe, daß er keine Silbertröpfchen auf der Stirn hat. Aber er hat ja welche ...

„Wo du bleibst“, sagt er, „soll die Polizei herausfinden. Ich erstatte die Abgängigkeitsanzeige.“

*

Perfekt! Ich bin eine perfekte Fanny geworden. Weiße Samthaut, Make-up, soviel ins Gesicht geht, und meine Augen sprießen wie Vergißmeinnicht aus der Wiese. Und ich habe, zum ersten Mal im Leben, eine Frisur. Zum letzten Mal auch, hoffe ich.

Ich sehe aus, als spielte ich vormittags Tennis und nachmittags Bridge. Keine grünen und gelben Schnürlsamthosen mehr! Sondern ein Pepitakostüm, Nylons und schwarze Pumps.

Ich habe absichtlich gewartet, bis Mischa in die Vorlesung ging. Wenn Papa und ich verrückt sind, ist das normal. Aber jemand anderer, Mischa zum Beispiel, würde so etwas nicht verstehen.

Auf der Straße komme ich mir vor wie auf einem Kostümball. Ich denke, alle Leute müßten mich anstarren. Aber keiner wirft auch nur einen Blick auf mich. Fortwährend kippe ich mit den Knöcheln um. Ein Wunder, daß ich mir nicht den Fuß breche. Wieso jemand freiwillig in Stöckelschuhen herumgeht, begreife ich nicht.

Ich habe noch nie bemerkt, daß so viele Spiegel in den Auslagen sind! Wieso will Fanny Schauspielerin werden? So, wie ich ausschaue, müßte Oberlehrerin ihr Traumberuf sein. Eine Oberlehrerin, die verzweifelt Signale aussendet: „Seht alle her! Aber kommt mir nur ja nicht zu nahe. Ihr ruiniert mir sonst das Make-up und die Frisur!"

Oder ist Schminke eine Maske aus Farben, hinter der eine Frau sich verbirgt? So wie Parfüms Duftmasken sind ...

Jedenfalls, Fannys Maiglöckchen habe ich mir erspart. Papa wird kaum an mir schnuppern.

*

Tut er auch nicht. Er ist nämlich gar nicht daheim. Ich warte eine Stunde und dann noch eine zweite. Als Sekretärin habe ich heute viel Freizeit. Ich hole den kleinen roten Ball aus meinem Schrank und schupfe ihn in die Luft. Gelangweilt schaut Rawuzl mir zu. Jetzt rolle ich ihn auf dem blauen Teppich hin und her, aber der Kater putzt sein schwarzes Pelzchen, als gäbe es auf der ganzen Welt nichts wichtigeres zu tun. Auf der Kehle hat er einen winzigen weißen Stern. Es sieht aus, als wäre eine Schneeflocke auf ihn gefallen. Ich liege inzwischen bäuchlings auf dem Boden und spiele. Allein allerdings, und so stehe ich wieder auf.

Mischas Vorlesung müßte längst aus sein. Ob er noch bös ist, weil ich ihn gestern vergaß? Schließlich war ich zum ersten Mal im Sacher, und das ist noch das wenigste! Ich denke an Papas Theater und kichere. Wenn ich nur wüßte, was er damit bezweckt!

Allmählich lerne ich auf Stöckeln zu gehen. Bis zur Bräunerstraße bin ich insgesamt nur zweimal gekippt. Obwohl ich die Schlüssel zur Wohnung habe, drücke ich auf den Knopf und klingle. Einmal, zweimal, dreimal und so weiter. Mischa wird doch nicht auch am Ende verschwunden sein?

Ich will schon selbst aufsperren, da bemerke ich das graue Auge hinter dem Guckloch. Verrückt. Er schaut wie eine vorsichtige alte Frau nach, wer draußen steht. Jetzt müßte er es aber schon wissen, und warum macht er noch immer nicht auf?

Weil er mich für Fanny hält? Aber da müßte er die Tür nur so aus den Angeln reißen! Was ist los? Ich trommle, bis mir die Knöchel weh tun, dann versuche ich es mit dem Knie.

Na endlich! Mischa steht auf der Schwelle und ist totenblaß. Er starrt mich an wie einen Geist. Hält er mich für einen? Ich versetze ihm einen kleinen Stoß zwischen die Rippen. „Spinnst du?"

„Hallo, Flo", murmelt er schwach. „Zuerst hab ich dich für Fanny gehalten." „Na und? Seit wann fürchtest du dich vor deiner Schwester?"

„Ach, hör auf." Er schüttelt trübsinnig den Kopf. „Allmählich bin ich auf alles gefaßt."

„Also auch auf mich", sage ich und trete ein. „Bekomme ich keinen Kuß?" Er küßt mich, als wollte er nur eben ein Stäubchen von meinen Lippen blasen. Im Wohnzimmer sitzt Papa auf einem mit goldenem Damast bespannten weißen Stuhl. Ich setze mich auf den anderen. Er ist, wie alles in dieser Wohnung, äußerst unbequem.

„Wir hatten", sagt Papa, ohne mich anzusehen,

„ein langes Gespräch." „Ich warte", sage ich, aber Papa seufzt nur. „Ich halte es für überflüssig", sagt er, „daß du seinen Inhalt erfährst. Vielleicht später einmal."

Also das ist ein starkes Stück! Ich springe empört auf und verliere dabei meinen linken Schuh. Fanny hat also größere Füße. „Du hast Schlüssel zur Wohnung?" fragt Mischa, obwohl er es genau weiß. Fanny hat sie mir gegeben. Ich ziehe den kleinen Schlüsselbund mit der blauen Perle aus der Tasche und schwenke ihn stumm in der Luft.

„Ich werde nämlich", sagt Michael, „nicht viel zu Hause sein." Damit geht er, und ich bin mit Papa allein.

*

„Was soll der Blödsinn?" frage ich. „Wenn Fanny verschwunden ist, dann ist sie eben verschwunden. Soll die Polizei sie doch suchen!" „Die Polizei", sagt Papa, „darf Fanny nicht finden. Und frag mich jetzt nicht, warum."

„Ich soll auch nicht fragen, warum du Mischa vertrieben hast." Und ich funkle Papa zornig an. „Oder warum ich plötzlich als Fräulein Fabricius herumtanzen muß?"

„Die Stimme ist noch ein bißchen zu tief", sagt er. „Komm heraus aus dem Keller!" „So?" piepse ich und versetze dem weißen Stuhl, der nichts dafür kann, einen Tritt. „Schon besser." Papa mustert mich anerkennend. „Und was dein dreifaches Warum anlangt . . ." „Ja?" Ich warte. Papa bewegt zwar die Lippen, aber erfolglos. Er schafft es nicht, daß auch nur ein Wort aus seinem Mund kommt. Vor einer Minute habe ich ihn noch gehaßt. Ich gehe zu ihm und küsse ihn auf die Wange. „Mir zuliebe!“ Er hat seine Stimme also wieder zurückgewonnen. „Genügt ‚Mir zuliebe‘ als Antwort?“ „Für den Anfang“, sage ich, und wir lächeln einander, wenn auch ein bißchen verunsichert, zu.

„Wir treffen uns“, sagt er, „dann gleich in der Nikolaigasse. Und es ist besser, wir fallen so wenig wie möglich aus unseren Rollen. Vielleicht sollten wir überhaupt vergessen, daß es welche sind. Sonst sind wir nicht glaubwürdig.“

*

Glaubwürdig für wen? Da stapfen wir mutterseelenallein in der finsteren alten Wohnung herum, Papa und ich. Er diktiert mir Unverständliches über das Wasser. Kein Mensch sieht oder hört uns zu, bis auf Rawuzl.

Über unser Theater rümpft er nur sein rosiges Näschen. Manchmal glaube ich, er ist gar kein Kater. Sondern ein verzauberter Prinz, und ich kann ihn mit Hühnerherzchen erlösen oder mit einem Kuß. Wieso läßt er sich heute nicht küssen? Er dreht seinen dicken Kopf weg, springt auf die Gipsbüste Richard Wagners und schnurrt.

Soviel ich weiß, geht Papa nie in die Oper. Die Gipsbüste muß also zu Mamas Mitgift gehört haben, und wieso schmiß er sie nicht längst auf den Mist? Rawuzl kann überall anders sitzen, auf dem Küchentisch oder der Vorhanggardine, wir machen ihm da keine Vorschriften.

Ich gähne, und Papa sagt: „Schon eins vorüber, wir sehen uns also um zwei." „Was", frage ich zaghaft, „werden Sie essen?" Er seufzt. „Früher hat Flo für mich gekocht. Zwar nicht gut, aber ..." Ich könnte ihn glatt ermorden. „Ich mache mir", sagt er, „große Sorgen um Flo. Sie ist seit zwei Tagen nicht mehr nach Hause gekommen. Ich habe bis heute vormittag gewartet. Ihre Freundin ist ja dem Leben nicht abgeneigt." Und er wirft mir einen um Entschuldigung heischenden Blick zu. Wirklich sehr komisch, und ich schaue ihn eisig an. „Aber jetzt", und seine Stimme wird so leise, daß ich ihn kaum höre, „wird sie von der Polizei gesucht."

„Ich glaube nicht", sage ich, „daß Floralind polizeilichen Schutz braucht. Und was ihre Freunde betrifft ..." Er macht eine abwehrende Geste. „Eine ungelebte Jugend vergiftet das Alter. Da ich das weiß, habe ich ihre Freiheit nie eingeschränkt."

Das ist mir neu. Nicht die Freiheit natürlich, die ließ Papa mir immer. Aber was meint er mit dem Gift? Zum ersten Mal schaue ich ihn nicht mit den Augen einer Tochter an. War er nie richtig jung? Und jetzt kann er es nicht mehr sein. Mama war wohl das große Pech seines Lebens.

„Wenn ich irgendetwas tun kann ...", stammle ich und meine damit nicht die polizeilichen Ermittlungen gegen mich selbst, sondern – ja was eigentlich? „Ein Mann wie Sie hätte es verdient, glücklich zu sein!" Ich könnte mir die Zunge abschneiden. Was rede ich da für einen mistigen Kitsch? „Lieb von Ihnen", und Papa lächelt milde. „Aber mir ist wohl nicht mehr zu helfen."

Wenn ich Fanny wäre, hätte ich ihn jetzt geküßt. Obwohl ich das, wenn ich wirklich Fanny wäre, erst recht nicht getan hätte. Oder doch? Wäre es möglich, daß Papa ihre indiskutable heimliche Liebe war? Nun ja, er ist nicht mehr ganz frisch. Aber man braucht ihn ja nicht gleich zu heiraten! Die paar Haare weniger und die paar Fältchen mehr macht sein moroser Charme mehr als wett.

„Gehen Sie", sagt er und steht schon wieder am Fenster, mit dem Rücken zu mir. „Gehen Sie, sonst bekommen Sie nichts mehr zu essen."

Mit heißem Kopf stolpere ich aus der eigenen Tür. Schon im Stiegenhaus holt er mich ein. „Gut gemacht, Kleine!" flüstert er. Und erst jetzt fallen mir die gewissen Schuppen von den erblauten Augen. „Wanzen?" flüstere ich zurück. Papa nickt. „Ich entdeckte sie heute vormittag, und vielleicht sind sie noch nicht länger da. Wenn wir Glück haben . . ." Düster starren wir einander an. Endlich dreht Papa sich um und geht langsam wieder die Treppe hinauf. Auf der vorletzten Stufe bleibt er stehen. „Da ist noch etwas anderes", murmelt er über die Schulter. „Fanny erwartet ein Kind, und sie will es haben." Dann, schon auf der letzten Stufe und ohne den Kopf zu wenden: „Von Mischa."

*

Die Wohnung in der Bräunerstraße ist leer. Der Kühlschrank übrigens auch. Komisch, wie hungrig so ein Schock machen kann. Es war also meine Ähnlichkeit mit Fanny, die einen perversen Zauber auf Mischa ausübte. Oder auch nicht. Vielleicht paßte die kleine Liebesgeschichte mit mir einfach in ihren Plan.

In der Brotdose finde ich eine steinharte Semmel. Papas Wunsch nach runderen Formen werde ich so schnell nicht entsprechen. In den weißen Küchentisch sind von ungelenker Kinderhand zwei Buchstaben geritzt, F und M.

Was für ein Plan? Wie kam die Idee nur in meinen Kopf? Das F und M verschwimmen vor meinen Augen. Wenn Mischa und Fanny ein Paar sind, planen sie gemeinsam, und so handeln sie auch. Im Einverständnis.

Wieder fällt mir der Maiglöckchenduft in der Donau-Au ein. Vielleicht war er doch keine Täuschung?

Aber wenn Fanny wirklich da war – warum???

*

Papa scheint meine roten Augen nicht zu bemerken, und ich bin ihm dankbar dafür. Mit dem Rücken zu mir, fängt er sofort an, zu diktieren. Obwohl ich jedes Wort mittippe, verstehe ich keins. Nicht einmal die Umstandswörter, falls welche vorkommen. Denn mir drehen sich andere Umstände im Kopf herum. Die, in denen sich Fanny befindet.

Auf einmal verstehe ich alles. Ihre sanfte Zikkigkeit, die unattraktive Art, sich zu kleiden, den Panzer aus Schminke. Sie spielte die leblose Puppe. Denn sie wollte niemand Lebendigen anziehen. Langeweile lag auf ihr wie die weiße Tagesdecke auf einem zerwühlten Bett.

„Es ist eine Sünde." Wieder höre ich die Stimme der Großmama, fein und brüchig wie alte Seide. „Eine große Sünde und ein noch größeres Unglück. Sogar die Tiere ..."

Fanny, die ich mein Leben lang kenne, ist in weniger als zwei Stunden zur Unbekannten geworden. Und Mischa? Mischa ...

„Passen Sie auf! Sie tropfen mir ja das ganze Manuskript voll." Wie lang beobachtet Papa mich schon? Zu blöd, daß ich heule. Ich möchte mich im Papierkorb verkriechen, so schäme ich mich. Aber dort sitzt schon Rawuzl.

„Vielleicht möchten Sie einen Sherry, Ihr Lieblingsgetränk?" Wußte ich auch nicht, ich hätte auf Limonade getippt. Bis heute mittag. Und obwohl mir persönlich Whisky im Moment lieber wäre, trinke ich dankbar aus dem Glas, das Papa mir reicht.

„Ich habe Sie am 31. Oktober gefragt, ob Sie meine Tochter sein wollen." Papas Stimme klingt nicht anders als beim Diktat, darum setzt der Schock bei mir erst mit Verspätung ein. „Sie erbaten sich drei Tage Bedenkzeit. Heute ist der dritte Tag. Ich möchte Sie adoptieren."

Ich bin nur froh, daß ich mein Gesicht nicht sehe. Als ich den Mund endlich zuklappe, erweist sich auch das als Fehler. Ich mache ihn also wieder auf und frage: „Gibt es nichts Stärkeres?" „Gin und Tequila", sagt Papa und ich: „Beides!"

Papa bringt aber nur Tequila mit Eis und Zitrone, und ich trinke ihn pur. Ein Fehler, denn er steigt mir sofort in den Kopf. „Nun", sagt Papa wieder mit dieser unbeteiligten Stimme, „wie haben Sie sich entschieden?"

Ich habe Frauen mit hysterischen Anfällen immer verabscheut, wieso kriege ich jetzt selbst einen? Das darf doch nicht wahr sein! Zuerst denke ich sogar, es ist jemand anderer, der schreit.

Papa hat mir die Hand auf den Mund gelegt, und jetzt zerrt er mich in die Speisekammer. Warum ausgerechnet dorthin? Ach ja, die Wanzen. Man bringt sie selten zwischen Speckseiten und Kohlköpfen an. Da steht auch die Ginflasche, und ich greife erleichtert nach ihr. „Mein Kleines!" Papa nimmt sie mir aus der Hand und schaut mich liebevoll an. „Du machst dir doch nichts aus scharfen Getränken." Eine Steinlawine rollt mir von der Brust. „Sind wir jetzt wieder normal, Pa?" frage ich hoffnungsvoll. „Ausnahmsweise", sagt Papa, „und nur bei Essig und Öl. Sag mir jetzt alles, Flo, was du weißt."

Das tue ich und brauche eine halbe Stunde und fünf Papiertaschentücher dazu. „Jetzt bist du dran", sage ich, als ich fertig bin, und Papa nickt. „Deine Freundin hat mir", sagt er, „alles erzählt." Also das ist nicht zu fassen! Ausgerechnet ... „Beruhige dich", sagt Papa mit einem amüsierten Blick auf mein Gesicht." „Sie tat es erst, als sie meinen Schreibtisch zum zweiten Mal vollspie. Als ich, statt zu toben, alles wegputzte, faßte sie wohl Vertrauen zu mir." „Wie viele Taschentücher?" frage ich. „Nicht ein einziges", sagt Papa. „Ihre Augen blieben staubtrocken." „Dann haben dich nicht ihre Tränen gerührt?" Ich spüre, daß ich ein Loch im Magen bekomme, ein tiefes Loch. „Nein", sagt Papa. „Rührung und Mitleid haben wenig miteinander zu tun."

*

Nicht möglich, es ist erst fünf, als ich langsam in die Bräunerstraße zurückgehe. Aber auch langsam kommt man irgendwann an, und nach einer Runde um den Häuserblock lande ich im Café Stallburg. „Wie gewöhnlich?" fragt der grauhaarige Ober, und ich nicke. Er hält mich also für Fanny, und Gott weiß, was er mir bringt. Zum Glück ist es nur eine Tasse Kakao, obwohl mir Kaffee im Augenblick besser tun würde. Hoffentlich gebe ich ihm kein zu großes Trinkgeld und kein zu kleines. Darauf habe ich nie geachtet, wenn ich mit Fanny ausging.

Wäre ich bloß nie mit ihr ausgegangen! Ich hätte sie schon im Kindergarten verprügeln und für den Rest meines Lebens bös mit ihr sein sollen. Papa hätte dann gar keine Gelegenheit gehabt, sie zu adoptieren. Wütend rühre ich meinen Kakao um. Mir in dem Alter eine Schwester vor die Nase zu setzen, ist eine Gemeinheit. Papa will die Geschichte morgen in die Klatschspalten geben und in die Amtliche Wiener Zeitung. Auf einmal geht die Sonne in meinem Kopf auf. Wie kann er Fanny adoptieren? Sie ist ja nicht da. Er macht also mich, Flo, zu seiner doppelten Tochter! Ein Trick ist das Ganze, nicht mehr. Er streut eine Information unter die Leute. Man soll wissen, daß Fanny da ist. Greifbar für jeden.

Um ein Haar nicht! Denn als ich das Kaffeehaus verlasse und die Bräunerstraße hinuntergehe, fällt mir ein Ziegelstein direkt vor die Füße. Und nur, weil ich so langsam wie eine Schnecke in den Gifttopf krieche, nicht auf den Kopf. Dabei hab ich von einem Sturm gar nichts bemerkt. Nun ja, in mir tobte auch einer. Ein Sturm der Eifersucht, zugegeben. Papa wünschte sich eine andere Tochter, wenigstens glaubte ich das. Sollte ich mich da um das Wetter kümmern?

Mein Problem jetzt ist die Nacht. Was rede ich nur mit Mischa? Oder, noch schlimmer, wie schweigen wir miteinander? Obwohl ich schon im Hausflur bin, möchte ich am liebsten umdrehen. Der Ober im Café Stallburg wäre ganz schön verblüfft. Aber ich kehre nicht um, sondern steige, als wären sie der Großglockner, die Treppen hinauf. Der Großglockner bei schlechtem Wetter. Nur, bergab ist das Wetter nicht besser. Und wenn ich alle Brandyflaschen im Stallburg leertrinke, weiß ich noch immer nicht, woran ich meine Augen festbinden soll, wenn ich Mischa anschaue.

Ich liebe ihn. Ich hasse ihn. Aber das Schlimmste ist wohl, daß ich ihn verdächtige. Vielleicht hat Papas Wasser überhaupt nichts damit zu tun. Fanny ist entweder auf und davon. Auf der Flucht vor Mischa, auf der Flucht vor sich selbst. Oder sie sprang in die Donau, nur ein paar Schritte von mir und Mischa entfernt. Sie muß uns gehört haben, gesehen. Der Maiglöckchen-Duft. Und Mischa? Ließ er es zu, war er am Ende sogar erleichtert? Oder ist seine Rolle weniger passiv, ist sie überhaupt nicht passiv gewesen?

Nein, ich will das nicht weiterdenken. Vielleicht ist Papas Entdeckung wirklich so toll, daß sie einen Schwanz von Verbrechen hinter sich herzieht.

Jetzt stehe ich vor der Tür. Ich krame den

Schlüsselbund mit der blauen Perle aus meiner Handtasche. Als der Schlüssel im Schloß steckt, möchte ich ihn am liebsten nicht drehen. Denn woran binde ich meine Augen fest?

*

Eine überflüssige Sorge. Mischa ist die ganze Nacht nicht nach Hause gekommen. Ich fühle mich wie lauter einzeln geschrotete Körner.

Um fünf Uhr früh stehe ich auf und nehme ein Bad. Der Gasofen scheint defekt zu sein, und wenn ich auch nie wieder ein Wort mit Michael rede – das muß ich ihm sagen. Denn hätte mich nicht ein Telefonanruf, der sich als falsche Verbindung erwies, aus der Badewanne geholt – ich läge vermutlich noch immer drin. Irgendwer muß auf Mischa aufpassen, wenn Fanny es nicht mehr tut.

Eigentlich komisch. Ich scheine eine völlig neue Art Freundschaft mit ihr zu schließen. Zwei Schutzengel. Aber ist sie einer?

Um sieben Uhr früh stürze ich aus dem Haus. Da macht die „Aida“ auf, und ich trinke eine Melange. Noch eine. Und nun? Ich darf nicht auffällig werden, also gehe ich im Stadtpark spazieren. Ein paar Jogger laufen verbissen an mir vorbei. Gegen acht freunde ich mich mit einem Eichhörnchen an und kaufe die Tageszeitungen. „Professor adoptiert Vollwaise.“

Ich muß lachen, und das wärmt mich ein wenig. Heute fiel der erste Reif.

*

Papa lächelt nicht, als ich komme. Er nimmt mich in die Arme und zieht mit den Fingern Furchen durch mein Haar. Klar, das hört keine Wanze.

Als er mir später diktiert, fällt mir auf, daß sein Text kaum Informationen enthält. Möglich, daß es schon gestern so war. Jedenfalls zitiert er seitenlang Kollegen, vorzugsweise solche, von denen er nichts hält. Eine überflüssige Vorsichtsmaßnahme, nicht einmal ich kann ihn richtig verstehen. Denn fortwährend tutet die Feuerwehr ihr blödes Trara, machen sie einen Betriebsausflug oder brennt der Stephansturm ab?

Jedenfalls trollen wir uns in die Speisekammer, und Papa möchte wissen, was ich seit gestern erlebt habe. Alles. Ich sage, ich habe überhaupt nichts erlebt, sondern geschlafen wie ein Murmeltier, sodaß ich von Mischas Ab- oder Anwesenheit nichts bemerkte. Seine Bernsteinaugen werden schattig, daran merke ich, daß er mir nicht glaubt. Aber er sagt nichts, und wir gehen in die Küche und trinken stumm chinesischen Tee.

Als es an der Tür läutet, stehe ich automatisch auf. Aber Papa drückt mich auf meinen Sessel zurück und geht selbst, um zu öffnen. Als er zurückkommt, ist er nicht allein. Mir fällt fast die Teetasse aus der Hand. Mischa begleitet ihn – oder vielmehr, er hastet aufgeregt vor ihm her und zeigt mit seinen dünnen Fingern anklagend auf mich. „Hast du das gemacht?“ fragt er keuchend, „warst das du?“

Perplex schaue ich zuerst ihn an und dann Papa. Er zwinkert mir zu, und sofort werde ich ruhig. „Was“, frage ich, „ist passiert?“ „Fannys

Zimmer!“ Mischa setzt sich unaufgefordert auf Papas Stuhl. „Es ist vollständig abgebrannt.“

„Also mein Zimmer!“ Ich sage es absichtlich laut und werfe Mischa einen warnenden Blick zu. Und für den Fall, daß sein Intelligenzquotient in die Minuszahlen gesunken ist, fügt Papa hinzu: „Ein Glück, daß Ihre Schwester schon hier war!“

„Ja“, sagt Mischa und schaut mich sonderbar an. „Das Feuer ist im Bad ausgebrochen. Als ich heute früh nach Haus kam, rauchte dein Bett.“

Hoffentlich sind Fannys himmelblaue Nachthemden verbrannt und ihre weichen Zahnbürsten auch! „Heute früh?“ Ich will das nicht fragen und frage es doch. „Und wo warst du in der Nacht?“ „Bermuda-Dreieck.“ Er zieht die Schultern hoch und schaut an meiner Nase vorbei. „Das letzte Lokal, an das ich mich erinnere, hieß Rosa Elefant.“ Ebenso gut hätte er sagen können, er war auf dem Mond. Mischa und eine Beiseltour, das ist so wahrscheinlich wie ein Kamel im Handarbeitskurs.

Ich möchte Mischa den chinesischen Tee ins Gesicht schütten, und hoffentlich ist er noch heiß. Statt dessen sage ich: „Paß auf, der Gasofen ist nämlich defekt.“ Er hält den Kopf schief und schaut mich stumm an. Nach einer Minute, die mir wie eine Stunde vorkommt, drehe ich mich ganz einfach um. „Es ist vielleicht besser“, nimmt er die Konversation mit meinem Rücken auf, „du ziehst vorläufig in Floralinds Zimmer.“

Papa, der bisher die Rolle des aufmerksamen Beobachters gespielt hat, legt eine Hand auf meine Schulter. „Eine gute Idee“, sagt er. „Ich adoptiere sie ohnehin.“ Er lächelt mir zu. Links oben fehlt ihm ein Zahn. Vielleicht träume ich nur, und gleich klingelt der Wecker?

Mischa ist aufgesprungen, und die Augen purzeln ihm fast aus dem Kopf. „Ich hätte es dir gestern abend erzählt, ehrlich!“ Genüßlich schaue ich in sein graues Gesicht. „Aber du bist ja im Blauen Elefanten gewesen.“

„Rosa“, sagt er und schleppt sich wie ein geschlagener Krieger durch unsere Küche. Und, völlig sinnlos, noch einmal: „Rosa!“ Dann fällt die Tür hinter ihm ins Schloß.

„Er ist beleidigt, weil er nicht adoptiert wird“, sagt Papa und winkt mir, in die Speisekammer zu kommen. Ich fühle mich dort allmählich so wohl wie eine Maus. „Übertreibst du nicht, Pa?“ frage ich. „Dieses ganze Theater . . .“ „Schon möglich“, gibt er zu, und dann stopfen wir schweigend Erdnüsse in uns hinein, bis uns beiden ganz schlecht ist. In den Flugzeugen essen die Leute auch fortwährend, weil sie glauben, daß man mit einem vollen Mund nicht abstürzen kann.

„Ich habe gelogen, vorhin“, sage ich. „Es war keine Murmeltier-Nacht. Jemand hat mit Ziegelsteinen nach mir geworfen.“ Zu blöd, jetzt schluchze ich direkt ins Salzfaß hinein. Aber in einer Art Vision sah ich plötzlich Mischa auf dem Dach stehen . . . „Kleine Flo“, murmelt Papa unglücklich und weiß nicht, was er jetzt mit den Nüssen in seiner Hand anfangen soll. „Kleine Flo.“

Das ernüchtert mich etwas. Schließlich bin ich einszweiundsiebzig groß, genau wie Fanny. „Es war nur ein Ziegelstein“, sage ich, nehme ihm die Nüsse aus der Hand und stopfe sie ins Sackerl zurück. „Diese Dinger fallen eben manchmal vom Dach. Und was den Gasofen betrifft . . .“ „Mein Gott“, sagt Papa, „da habe ich uns in etwas Schönes hineinmanövriert.“ Wieso uns? Schließlich hat ihm bisher keiner nach dem Leben getrachtet!

War dies das Stichwort? Jedenfalls macht es Klick in meinem Gehirn, und ich starre Papa mit weit aufgerissenen Augen an. „Hat man es auf Fanny abgesehen oder auf Flo?“ Papa nickt bekümmert, offenbar kam das Klick bei ihm früher. „Eine gute Frage“, sagt er. „Das Dumme ist nur, daß ich die Antwort nicht weiß.“

Diesmal essen wir keine Erdnüsse, sondern Chips. „Ich werde“, sagt Papa, „ein Geständnis bei der Polizei machen. Es ist ihr Metier, im Trüben nach der Wahrheit zu fischen. Und wir beide fahren mit dem Nachtzug nach Paris und amüsieren uns ein paar Tage lang. Oder wir warten auf Teneriffa ab, was in Wien passiert. Was wäre dir lieber?“

„Unter diesen Umständen“, sage ich, „keines von beiden. Ich hab keine Lust, eine Blamage mit dir zu teilen. Das Detektivspiel wird zu Ende gespielt, auch wenn . . .“ Den Rest schlucke ich. Papa hat sich so lang mit dem verflixten Wasser geplagt, und jetzt soll es ihm einfach davonfließen? „Auch, wenn wir verlieren“, sagt Papa leise.

Kommt überhaupt nicht in Frage! Wir müssen uns einfach mehr umtun. Ob wir die Alte gemeinsam anzapfen? Der Vormittag ist eine gute Zeit, da fühlen selbst Greise sich jünger. „Wir besuchen Fannys Großmama“, sage ich. „Komm!“

Die Blumenhandlung in der Singerstraße ist

reich assortiert. Ich kaufe einen blühenden Kaktus und drücke ihn Papa in die Hand. Auf der Straße kann man, nehme ich an, reden? Ich meine, normal. „Warum", frage ich, „sind wir eigentlich noch immer per Sie?" „Ja, ich weiß auch nicht", sagt Papa. „Natürlich habe ich Fanny früher, als sie ein Kind war, geduzt." „Aber seit du sie adoptierst, nicht mehr?" Papa seufzt. „Wenn ich dir jetzt sage, daß sie mir ein bißchen widerwärtig ist – wirst du mir glauben?" „Aber mit Vergnügen!" Ich strahle. „Sie hat dich also nicht nur mit ihrem trübseligen Inzest erpreßt und dem dicken Bauch?" „Nicht nur", sagt Papa. „Und der Bauch war noch nicht dick."

Da passieren wir auch schon die Eingangstür ins Damenstift, und ein paar Grufties in Flanellkleidern stieren uns argwöhnisch an. „Ich bin gerührt", brüllt Papa im Stiegenhaus, „daß du mich deiner Großmama vorstellen willst. Hoffentlich findet sie den jungen Papa nicht zu alt."

Klar, die sind alle schon schwerhörig. „Scheiße", flöte ich. Mir graust vor der eigenen Stimme, obwohl es nicht mehr die eigene ist. Mehr fällt mir nicht ein. Ich wage es nicht einmal, Gesichter zu schneiden.

Fannys Großmama ist ganz in Rosa. Sie schaut uns mit Vergißmeinnichtaugen an, ohne uns zu erkennen. „Ich bin", fange ich an, doch sie winkt ab. „Hast du dich also doch zu ihr bekannt, Karl", sagt sie. Und, mit einem langen Blick auf mich: „Ist sie nicht schön?" Ich möchte am liebsten ausspucken, in hohem Bogen, aber natürlich gibt es hier keinen Spucknapf.

„Du hast dich nicht sehr verändert, Gladys",

sagt Papa, und sie kichert. Ich traue meinen Ohren nicht. Abgesehen davon, daß Großmütter einfach nicht Gladys heißen! Wie gut eigentlich kennen sie sich?

„Ich mache mir“, sagt die rosa Großmama, „Sorgen um ihren Bruder. Hast du ihn gesehen?“ „Ja“, sagt Papa. Und ich, einer verrückten Eingebung folgend: „Er ist wieder in der Kolingasse gewesen.“ „Da steckt Toni dahinter!“ Warum schaut sie Papa so bös an? „Wohnt Toni dort?“ Sie schüttelt den Kopf. „Toni“, und sie blickt starr geradeaus, „wohnt noch immer in der Wiesinger Straße.“ „Woher weißt du das?“ fragt Papa lächelnd, und sie: „Ihr Nachbar, der Zeller-Zellenberg, besucht mich manchmal.“ „Er darf also kommen?“ fragt Papa, und sie schauen sich ziemlich sonderbar in die Augen. „Ich weiß, daß du mir nicht glaubst“, sagt sie. „Aber ich war nie in ihn verliebt. Es macht also nichts.“

Allmählich komme ich mir vor wie im Theater bei einem fremdsprachigen Stück. Papa hält noch immer den Kaktus in der Hand. „Das ist für dich“, sage ich und stelle ihn auf ihren mit Medikamenten und Erinnerungen vollgeräumten Tisch. „Von meinem zukünftigen . . .“ Aber Papa winkt mir mit den Augen, zu schweigen. „Laß Mischa“, flüstert sie und verzieht ihren Mund, als wollte sie weinen. „Auch wenn du die andere bist. Die eine oder die andere . . .“ Sie verliert schon wieder den Faden, und ich ziehe jedes ihrer Worte wie ein Fischer an Land, nicht wissend, was ich im Netz habe. Zittrig hebt sie eine blau geäderte Hand und tätschelt mir die Wange. „Ich habe euch immer gleich behandelt, alle drei gleich . . .“

Jetzt verstehe ich überhaupt nichts mehr, aber zum Glück schaltet Papa sich in die absurde Konversation ein. „Ich weiß, Gladys. Du warst ein Engel und hast deine Flügel unter einer blauen Schürze versteckt. Jetzt endlich trägst du sie offen."

Ich glaube, ich sehe nicht recht. Papa hat sich über ihr Bett gebeugt, und die Großmama schlingt zwei dünne Arme um seinen Hals. Ich kreische, wenn sie sich küssen!

Sie küssen sich, und ich kreische nicht. „Komm", sagt Papa. Großmama schläft, und sie lächelt. Ich möchte wissen, was sie träumt. Nein, ich möchte es lieber nicht wissen.

„Willst du mir nichts erklären?" Da sind wir schon auf der Kärntner Straße. „Nein", sagt Papa. „Nichts." Auch gut! Dann, in der Grünangergasse: „Was fehlt ihr? So uralt sieht sie nicht aus." „Sie ist kaum ein paar Jahre älter als ich", sagt Papa. „Aber es gibt eine Krankheit", und er nennt einen lateinischen Namen, den ich sofort vergesse. „Eine Krankheit, die dich wie einen Scheinwerfer ein- und ausblenden kann." „Sie möchte nicht, daß du sie ausgeblendet siehst?" Papa gibt keine Antwort. Weil ich schon beim Fragen bin, mache ich weiter. „Gehst du mit mir zu Toni?"

„Nein", sagt Papa.

*

Ich habe Toni gefunden! Kein großes Kunststück, wenn sie neben dem Zeller-Zellenberg wohnt. Sogar ich, eine Ignorantin der schönen Künste, habe von diesem Zaubersohn Kaiser Franz Josephs, leiblich oder nicht, schon gehört.

Eine tote Straße. Die helle Kuppel der Urania winkt wie ein Leuchtturm. Zwei Männer von der Müllabfuhr, in grelles Orange gekleidet, pfeifen anerkennend hinter mir her. Danke, die Häuser sind jetzt nicht mehr so dunkelgrau.

In eines von ihnen trete ich ein. Letzter Stock, klar. Ob Toni auch malt? Ich klingle, und eine Dame macht auf. Sehr peinlich, er ist also verheiratet, und was sage ich nun? Noch dazu ist es eine richtige Dame. Anfang bis Mitte Vierzig, würde ich sagen, obwohl sie es darauf anlegt, auszusehen wie dreißig. Blaue Porzellanaugen, die ein bißchen vorstehen, Porzellanhaut und so weiter, alles an ihr ist Porzellan. Kühl und zerbrechlich.

„Kann ich, bitte, Ihren Mann sprechen?“ Denn auf wen soll ich Rücksicht nehmen und warum! Sie hat auch eine Porzellanstimme, und mit der sagt sie: „Ich bin nicht verheiratet. Schon lange nicht mehr.“ So? Dann möchte ich wissen, wer ihre Schneiderrechnung bezahlt und so fort. Das weiße Wollkleid ist nicht von der Stange, und die blonde Frisur hat sie sich auch nicht selbst mit Lockenwicklern gedreht. „Ist Toni Ihr Sohn?“ Zum ersten Mal lächelt sie – oder auch nicht. Jedenfalls verzieht sie ihren dünnen Mund. „Toni“, sagt sie, „bin ich selbst.“ Das ist vielleicht eine Überraschung! „Ich bin Fanny Fabricius“, sage ich schnell. Sie weicht zurück, als wäre ich ihr auf die Füße getreten. Ein paar Sekunden lang, die mir wie eine Woche vorkommen, starren wir einander stumm an. Dann schenkt sie mir ein unerwartetes Lächeln, und ein Dutzend tadelloser Jacketkronen schimmern mich verführerisch an. „Mögen Sie eine Tasse Tee?“

Earl Gray, der mir sowieso langweilig ist. Genau wie ihre Obere-Zehntausend-Wohnung, ungemütlich und elegant. Sie macht mit mir Konversation über irgendein Stück, das sie im Burgtheater gesehen hat. Ebenso gut könnten wir über die Saturnringe plaudern. „Ich gehe lieber ins Kino!" Sie schaut mich peinlich berührt an.

„Vor drei Tagen", sage ich. „Jesuitenkirche, abends um sechs. Ich zündete drei Kerzen an." Wenn ich geglaubt habe, daß Toni jetzt ohnmächtig wird oder wenigstens bleich, habe ich mich gründlich getäuscht. „So ein Theater", sagt sie. „Und die Kerzen habe ich angezündet. Sie waren schon halb heruntergebrannt, als ich ging. Warum sind Sie nicht gekommen?"

Den schwarzen Peter habe eindeutig ich. Ohne nachzudenken, sage ich das Nächstbeste, das mir einfällt. „Es war wegen Flo ..." „Ich habe keine Familie", sagt sie, „und ich lasse mir auch keine aufhalsen." Ihr linkes Auge fängt zu zwinkern an. Ich verstehe kein Wort.

„Ich konnte nicht kommen", sage ich und mache vielleicht einen Blödsinn. „Floralind Lerner ist nämlich verschwunden." „Na und?" sagt sie. „Was geht das mich an? Soll Karl sich darum kümmern!"

Jetzt endlich bin ich auf einer Fährte, und sie ist brennheiß. „Vielleicht", sage ich, „braucht er Hilfe." „Na, dann helfen Sie ihm!" sagt sie und steht auf. „Sie sind seine Tochter!"

Unmißverständlich geleitet sie mich zur Tür. Ich bin zu betäubt, mich zu wehren. Ich fühle mich wie ein k.o. geschlagener Boxer, aber wo traf mich die Faust?

Erst, als ich wieder durch die unheilvoll düstere Straße gehe, kann ich die Stelle spüren. Irgendwo in der Brust, und ich schnappe nach Luft. Klar, ich bin Lerners Tochter. Aber ich habe mich als Fanny Fabricius vorgestellt!

*

Väter sind meistens langweilig, aber das war Papa mir nie. Vielleicht, weil er immer noch neugierig ist. Und nicht nur auf sein Wunderwasser. Sondern überhaupt!

Aber jetzt bin ich neugierig auf ihn! Es dämmert schon, als ich in die Nikolaigasse komme. Wahrscheinlich hat Papa auch nichts zu mittag gegessen. Ich bereite mich auf einen langen Abend in der Speisekammer vor. Und ich werde nicht gleich mit der Tür ins Haus fallen, o nein! Ich denke mir Fangfragen aus, Schlingen, über die er in die Wahrheit stolpern soll. Obwohl ich die von Toni angedeutete Wahrheit für sehr unwahrscheinlich halte. Fanny meine Schwester? Daß ich nicht lache!

Natürlich kommt, wie gewöhnlich, alles ganz anders. „Kein Diktat heute mehr“, sagt Papa. „Wir sind eingeladen.“ Und ohne mich weiter zu beachten, bestellt er ein Taxi.

Es hält in der Kolingasse 9. Ich versuche, nicht an den gewissen Vormittag zu denken, an dem ich Michael nachschlich. Es ist tatsächlich dasselbe Haus. Alles ist, denke ich, wie im Kino. Das Erstaunliche ist das Gewöhnliche, aber im Zeitraffer. Papa klingelt. „Hallo“, sagt Peter Leclerc. „Du hast ja gar keine Zöpfe mehr!“

„Sie“, sage ich, „haben sich auch verändert. Damals hätten Sie um nichts in der Welt Turnschuhe getragen, und Ihre Stirn war viel tiefer.“

„Viel nicht!“ Peter lacht und hilft uns aus den Mänteln. „Damals war ich noch erfolglos. Erst die Karriere macht Männer salopp.“

Er führt uns in eine Junggesellenbude, die jedem Maler als Stilleben Modell stehen könnte. Ein Patchworkzimmer, denke ich. Kunterbunt, und die Unordnung ist irgendwie fröhlich. „Sie könnten ein paar Regale gebrauchen“, sage ich trotzdem. Er steigt großzügig über ganze Stapel von Büchern und Manuskripten hinweg. „Wozu“, grinst er, „ist der Fußboden da?“ Er setzt sich auf ein altes Schaukelpferd, während Papa und ich uns mit einem rotgestreiften, behäbigen Sofa begnügen.

„Hab ich mir jedes Jahr zu Weihnachten gewünscht“, sagt er, „und nie bekommen. In der Kindheit liegen die Wurzeln jeder Biographie!“

„Fanny“, sagt Papa langsam, „hat als Kind keine Zöpfe getragen. Das war Flo.“

Peter Leclerc nimmt die kalte Pfeife geistesabwesend aus dem Mund und steckt sie wieder hinein. Ein Prachtexemplar von Mannsbild, wenn man auf den Skilehrertyp fliegt. Nur jetzt bekommen seine Augen etwas Hohles, da glaubt man ihm fast den Dozenten. „Kinderfrisuren!“ sagt er und lacht plötzlich. „Wer soll sich die merken?“

„Eben“, antwortet Papa.

„Ich habe in der Zeitung gelesen, daß der Professor Sie adoptiert“, wendet Leclerc sich an mich. „Gratuliere!“

„Zuerst wollte er mich mit rotem Champagner

verführen“, sage ich. „Möglich, daß er sogar an eine Heirat gedacht hat. Aber dann überlegte er sich's und bat mich, seine Tochter zu werden.“

Peter starrt mich leicht verstört an. Papa kann nicht wollen, daß auch er diesen Blödsinn glaubt. „Die bin ich bereits“, sage ich. „Seit zweiundzwanzig Jahren. Er muß mich also nicht adoptieren.“

Peter zündet seine Pfeife an. „Dachte ich es doch“, sagt er erleichtert. Papa wirft mir einen finsteren Blick zu, ich weiß nicht, warum.

„Siehst du? Ich habe dich nicht vergessen.“ „Aber eingeladen“, schränke ich ein, „haben Sie mich früher nie. Aus welchem Grund heute?“

Peter zieht an seiner Pfeife. „Bevor ich die Frage beantworte, müssen wir eines klarstellen. Nur deine Zöpfe gaben dir das Recht, Sie zu mir zu sagen. Entweder läßt du dir wieder welche wachsen, oder . . .“

„Oder“, sage ich, stehe auf und küsse ihn auf die Wange. Die linke, denn dort hat er ein Grübchen. „Das“, sage ich, „wäre also geklärt.“

Papa klopft sich nachdenklich mit den Knöcheln einer Hand gegen die Zähne. Das tut er immer, wenn er nicht weiß, ob er einen Fehler macht oder nicht.

„Ich spiele Fanny“, sage ich, „weil Fanny verschwunden ist. Praktisch ist sie deine Nachfolgerin bei Papa. Glaubst du, es hat etwas mit seinem verflixten Wasser zu tun?“ Peter zuckt nur die Achseln. „Natürlich würde jeder Staatsmann, von den Kollegen zu schweigen, sein Erstgeburtsrecht dafür geben.“ „Wissen Staatsmänner davon? Oder Kollegen?“ „Das glaube ich eben nicht“, antwortet Peter. „Der einzige, den dein Vater ins Vertrauen zog, bin nämlich ich. Wir arbeiten seit Jahren daran." „Zusammen?" frage ich. „Zusammen", sagt Peter. „Obwohl es allein seine Entdekkung ist!" Mit dem Pfeifenstiel zeigt er geradezu anklagend auf Papa.

„Ach was", sagt Papa. „Ohne Sie hätte ich ein paarmal den Faden verloren. Und vielleicht hätten Sie es allein auch geschafft." „Ja", sagt Peter. „Vielleicht. Jedenfalls ist das eine Abschiedsparty. Auch, wenn ich in der Verwirrung über zwei rote Zöpfe die Cocktails anzubieten vergaß." Er lächelt zerknirscht, jetzt hat er auch in der rechten Wange ein Grübchen.

„Sie gehen fort?" Noch nie ist er mir bisher abgegangen, also woher kommt der blöde Klumpen in meinem Hals? „Das auch", sagt Peter. „Und ich steige aus, wie man heute so schön sagt. Als wäre die Gesellschaft ein Zug, der auch ohne einem davonfährt. Eine unserer zur Zeit beliebtesten Illusionen. In Wirklichkeit reist man vermutlich nur im letzten Waggon."

„Oder im ersten", sagt Papa. „Aber wohin geht denn die Reise?" „Ich muß den Fleck erst auf der Landkarte suchen", sagt Peter. „Irgendwo am Ende der Welt habe ich eine ganze Menge Schafe geerbt. Und zwar samt dem dazugehörigen Gras."

Phantastisch! Ich schaue Papa an, ob Peter es ernst meint? Aber er ist ebenso ratlos wie ich. „Stoßen wir auf die Schafe an?" Peter holt ein Tablett mit drei Gläsern. Irgendein rosa Zeug, das ganz gut schmeckt, obwohl Papa seinen Mund verzieht. Peter und ich trinken auch noch ein zweites Glas, und dabei fällt mir etwas ein:

„Wohnt nicht ein tolles Mädchen in diesem Haus?“ Peter verschluckt sich beinahe. „Wer sagt das?“ „Freunde“, weiche ich aus. „Studenten, mit denen ich tanzen gehe. Ich bin schon ganz eifersüchtig auf sie.“

„Deine Studenten“, sagt Peter, „haben dich angeschwindelt. Hier gibt es nur Hofratswitwen und so. Verwelktes Gemüse.“ Er prostet mir zu. „Außer, du ziehst selbst ein.“ „Schlafe ich auf dem Pferd?“ „Nein“, sagt er und zeigt auf eine dottergelbe Luftmatratze hinter der Tür. „Du schläfst auf einer Wolke. Beinahe. Luftmatratzen sind äußerst bequem.“ „Liegst du auch auf einer?“ „Natürlich“, sagt er. „In dieser originellen Wohnung gibt es kein Bett.“ „Und du glaubst, die Schafe haben hier nicht genug Platz?“ „Nicht alle“, sagt er und schaut mich mit seinen hellen Augen an. „Leider ...“

Papa räuspert sich. „Du hast Talent zum Flirten“, sagt er, „das wußte ich nicht.“ Und, ein wenig traurig: „Von mir hast du es nicht geerbt.“ „Die Pflicht ruft“, sagt Peter und steht auf. „Ich habe einen Tisch im chinesischesten aller chinesischen Lokale bestellt.“

„Aber dort“, erkläre ich, „mußt du mich Fanny nennen. Ich bin, sozusagen, ein Lockvogel.“

„Ich verstehe“, sagt Peter und sein Gesicht wird auf einmal ganz breit. „Wenn es einen Mörder gibt, bekommt er Depressionen. Denn er hat entweder die Falsche erwischt, oder die Richtige falsch. Auch wenn er nicht an Gespenster glaubt, dreht er jetzt durch. Wir müssen uns also nur nach jemandem umsehen, der gerade die Nerven verliert.“

Er grinst auf dem ganzen Weg, der zum Glück nicht sehr weit ist. Wenn man bedenkt, daß ich vielleicht schon bald ein toter Lockvogel bin, ist das wirklich sehr taktlos.

Das chinesische Lokal erweist sich als finster und trübsinnig. Gelüftet ist es auch schlecht. Am liebsten möchte ich gar nichts essen, aber auf Peters Empfehlung wählen wir Nummer dreizehn, was sowieso eine Unglückszahl ist, Nummer einundvierzig und Nummer fünfzig. Was in der Folge auf unsere Teller gelangt, sieht unappetitlich aus und schmeckt wie der Himmel.

Peter bestellt alles mögliche zu trinken. Schnaps aus einer chinesischen Wurzel, die angeblich klug macht. Pflaumenwein, Reiswein. Die Gefäße sind lächerlich klein, es scheint, daß man in China nicht trinkt, sondern nippt. Zum Glück sorgt Peter dafür, daß wir genug nippen. Papa erzählt sogar einen Witz, das tut er sonst nie: „Das Leben ist eine Kettenbrücke." „Wieso?" fragt Peter höflich, und Papa: „Ich weiß auch nicht." Dann lacht er, daß ihm die Brille von der Nase rutscht. Ich finde ihn peinlich. Aber seine nackten Augen sind traurig, und sofort tut es mir leid. „Steck du sie lieber ein", murmelt Peter und schiebt mir die Brille zu.

Was mich betrifft, hat sein Murmeln sich damit erschöpft. Dieser Flegel! Warum flirtet er nicht mehr mit mir? Ich schaue aus dem Fenster. Zwei Gestalten gehen im Licht einer Laterne vorbei. Ist das nicht Mischa? Zum ersten Mal fällt mir auf, wie spitz seine Nase ist. Ein Mann sollte nicht wie ein Vogel aussehen. Aber es ist wohl doch nicht Mischa gewesen. Die Frau an seiner Seite erinnert mich an jemanden, den ich nicht kenne. Die schwarze Krempe ihres Huts verbirgt das Gesicht wie eine Maske. Ach was, ich bin einfach nur depressiv.

Wir sind schon beim Dessert, den unvermeidlichen Lychees. Peter beachtet mich nicht einmal. Papa und er tuscheln sich Geheimnisse über irgendwelche Formeln zu, wie Mädchen über ihre Liebhaber. Ich bin so verdrossen, daß ich mein blaues Schulheft aus der Handtasche ziehe und dies alles aufschreibe.

Als mir die Füllfeder herunterfällt, erlebe ich eine kleine Genugtuung. Ein Herr mit dunklen Schneckerln springt von seinem Sessel und kriecht so lang unter unserem Tisch herum, bis er sie gefunden hat. „Schriftstellerin?“ fragt er. Fesch ist er auch noch, sieht aus wie ein Fußballer mit Doktorat. „Meine Memoiren“, gebe ich an. „So ein interessantes Leben?“ „So ein gefährliches!“ Ich blitze ihn schamlos mit pseudoblauen Augen an. „Prägen Sie sich mich gut ein!“ „Mit Vergnügen“, sagt er und kehrt sichtlich widerstrebend an seinen Tisch, den er mit einer alten Dame in Violett teilt, zurück.

„Du benimmst dich auffällig“, sagt Peter kühl. Während ich im Geist noch an der Gemeinheit bastle, die ich ihm antworten will, ruft ein junger Chinese mit melodischer Stimme in den Saal: Fläulein Fablicius zum Telefon!“ Erst als Papa mich mit dem Ellbogen in die Rippen stößt, fällt mir wieder ein, wer ich bin. „Ich komme mit“, sagt Peter, und steht auf. Beschützen will er mich also doch! Aber jetzt beachte ich ihn nicht. Ohne Eile schreibe ich dies fertig und gehe mit ihm ...

*

Eine Mystifikation, bestenfalls. Denn der Anrufer, männlich, erging sich in Obszönitäten. Ich übergab Peter den Hörer, und er sagte etwas Entsprechendes hinein. Als wir zurückkamen, ging es Papa nicht sehr gut. Peter bezahlte die Rechnung. „Kommst du allein zurecht?“ fragte er vor dem Taxistand. „Gute Nacht“, sagte ich und bedankte mich für den Abend.

Im Taxi ist Papa schweigsam und blaß. Ich weiß nicht, ist er betrunken? Rawuzl, der Kater, pfaucht, als wir zur Tür hereinkommen. Ich trete ihm mit dem rechten Schuhstöckel auf den Schwanz. Nicht wirklich absichtlich, aber er springt mich an und zerkratzt meine Nylons. „Laß Rawuzl in Ruhe“, sagt Papa böse und verschwindet in seinem Zimmer. Hab ich ihn etwa gekratzt? Ich gieße seine Milchschüssel aus. So, das hat er davon. Dann gehe ich schlafen.

*

Am Morgen presse ich Orangensaft für Papa und koche zwei weiche Eier, das wird ihm guttun. Gott sei Dank, er kommt blendend gelaunt in die Küche. Ich habe die Tageszeitungen schon geholt. Papa schlägt sie auf, als er Kaffee trinkt. „Wo“, fragt er, „habe ich nur meine Brille?“

Also die habe ich glatt vergessen. Ich erinnere mich noch an sein verrutschtes Gesicht und daß Peter mir das Ding hinschob. Die Brille ist nicht in meiner Handtasche, obwohl ich sie ganz auf dem Küchenboden ausleere. „Vielleicht“, sage ich, „hast du sie im chinesischen Restaurant liegen gelassen?“ Papa will dort anrufen, aber natürlich kann er das Telefonbuch nicht lesen. Ich erledige das also für ihn. Aber die sperren erst abends um sechs auf, und Papa wird ganz grantig. „Für die Wissenschaft“, sage ich, „bist du jetzt verloren und fürs Detektivspielen auch. Aber schau, es ist ein Tag wie im Frühling!“

Papa wirft einen argwöhnischen Blick aus dem Fenster. „Ich gehe niemals spazieren“, sagt er dezidiert. „Du solltest das wissen!“ „Spazierengehen? Ich habe an einen Ausflug gedacht.“ „Kommt“, sagt Papa, „überhaupt nicht in Frage.“

Zwei Stunden später wandern wir durch die Donau-Auen.

„Wie ist das mit Mischa“, fragt er, „siehst du ihn noch?“ „Nein“, sage ich. „Denn du scheinst ihn nicht besonders zu mögen. Oder?“

Papa gibt keine Antwort. Denn vor uns liegt ein schwarzer Schwan, kopflos. Das alles habe ich doch schon einmal erlebt. Aber da war nicht Papa neben mir. Er hebt den Schwan auf, und das frische Blut rinnt ihm über den grauen Kaschmirschal. Rechts neben uns knackt es im Gebüsch.

Dann ist es still, und man hört nur das Rauschen der Donau. Wieso riecht es nach Maiglöckchen? „Ein Schwanenmörder“, sage ich, „treibt sich hier herum.“ Und noch während ich es sage, ist Papa zwischen den Weiden verschwunden. Ich selbst sah nur eine Bewegung, einen flüchtigen Schatten. Aber jetzt krachen die Äste, und ich höre zwei Menschen keuchen. Einer von ihnen ist Papa. „Lassen Sie mich los! Sind Sie wahnsinnig geworden?“ Und Fannys Stimme, verzerrt von Haß: „Ja, ich bin wahnsinnig.“

Eis rinnt mir über den Rücken. Ich stürze den Stimmen nach, stolpere über eine Wurzel und falle hin. Und wie in einem Albtraum kann ich mich nicht mehr bewegen. Ich fange an, laut um Hilfe zu schreien. Aber nur die Möwen und Krähen antworten mir.

Im Wasser klatscht etwas auf, als hätte man einen Sandsack in die Donau geworfen. Dann rennt eine schmutziggraue Riesenassel an mir vorbei. Sie dreht sich um. Die aufgerissenen Augen, das Grinsen über entbößten Zähnen – ist das wirklich noch Fannys Gesicht? Eine Strähne roten Haars deckt es gnädig zu.

Habe ich nicht meinen Namen gehört? Ich krieche vor, rutsche über die Uferböschung und sehe eine erhobene Hand im Strom. Dann sehe ich nichts mehr.

Auch Fanny ist verschwunden, als hätte sie die schlammige Erde verschluckt. Oder lauert sie hinter dem gespaltenen schwarzen Baumstumpf auf mich? Mit gezücktem Schwanenmesser, denn ich bin ja eine Zeugin. Die einzige.

Der schwarze Baumstumpf. Ich erkenne ihn wieder, erst jetzt. Hinter einer Wolke bricht die Sonne hervor und vergoldet das Grauen, macht es sonderbar unwirklich. Die Zeit steht still, oder ich merke nicht, wie sie vergeht. Ich muß wohl geweint haben, denn mein Gesicht ist ganz naß.

Ich weiß nicht, wie ich wieder in die U-Bahn-Station Stephansplatz kam. Aber dort ist eine Polizeidienststelle, und ich gab alles zu Protokoll. Die Polizisten waren sehr nett, sie wollten mich sogar ärztlich betreuen lassen. Denn ich scheine so etwas wie einen Nervenzusammenbruch erlitten zu haben, einen ganz kleinen. Einen großen hätte Papa mir, auch posthum, nicht verziehen.

Ich lehnte die ärztliche Hilfe ab und stellte klar, wer ich in Wirklichkeit bin: Floralind Lerner! Die Tochter. Und Fanny Fabricius, für die ich mich auf Papas Wunsch zwei Tage lang ausgeben mußte, ist seine Mörderin.

*

Ich gehe nicht nach Hause in die Nikolaigasse, das kann ich noch nicht. Die Bräunerstraße kommt mir vor wie eine Einbahn zur Hölle. Ich drehe mich um und schaue zur Pestsäule zurück, als könnte Papa jederzeit in Fannys roter Regenpelerine erscheinen. Aber das Wasser, das von ihm tropft, kommt nicht vom Himmel, sondern aus der Donau.

Der defekte Gasofen! Es war also Fanny, die mir nach dem Leben trachtete. Sie muß, während ich schlief, in die Wohnung geschlichen sein. Zuerst lauerte sie mir mit einem Ziegelstein auf, warf ihn aus irgendeiner Dachluke auf mich. Und erst, als sie ihr Ziel verfehlte, inszenierte sie den tödlichen Unfall im Bad und, um sicherzugehen, auch gleich einen Zimmerbrand. Wäre ich gestern nicht schon um fünf Uhr früh aufgestanden . . .

Aber warum? Warum wollte sie mich umbringen, und will sie das immer noch? Ohne Zweifel, denn was auch ihre Gründe vorher waren – jetzt bin ich Zeugin. Die Zeugin eines Mordes, den sie beging.

Nein, zu Mischa kann ich jetzt auch nicht mehr gehen. Obwohl ich noch immer den Schlüsselbund mit der blauen Perle habe. Aber vielleicht sperre ich auf, und sie steht vor mir? Mit einem Messer in der erhobenen Hand und diesem irren Blick, den ich nie zuvor an ihr sah. Und Mischa! Er weiß noch nicht, was passiert ist. Mischa, den ich verdächtigt habe . . . Das Blut schießt mir heiß in den Kopf. Ich muß ihn um Verzeihung bitten, sofort. Und ich muß ihn warnen. Denn wer weiß, wen Fanny noch ausrotten will? Ich glaube, sie ist verrückt geworden. Wahnsinnig.

Von der Telefonzelle am Graben aus rufe ich Mischa an. Seine Stimme klingt, als wäre er sehr weit entfernt. „Mischa", sage ich. „Papa ist tot, und Fanny . . ." Es ist so still in der Leitung, daß ich schon fürchte, er ist nicht mehr da. „Wo bist du?" fragt er dann, und ich sage es ihm. „Kommst du?"

Der Hörer fällt auf die Gabel zurück, und drei Minuten später steht Mischa vor mir. Im schwarzen Pullover und Jeans, er hat sich nicht einmal Zeit genommen, in einen Mantel zu schlüpfen. Ich erzähle ihm alles, während ein Kind vis-à-vis auf einer Bank sitzt und Ziehharmonika spielt. Leute hasten vorüber, beachten uns nicht. Mischa umarmt mich, und wir weinen, weinen beide.

*

Da wir nicht wissen, wohin wir gehen sollen, gehen wir in den Rosa Elefanten, es gibt ihn also tatsächlich. Wir trinken so lange Cola mit Rum, bis wir die Wirklichkeit nicht mehr von einem Traum unterscheiden.

Es ist schon zwei Uhr früh, als wir die Tür in

der Nikolaigasse aufsperren. Denn obwohl wir uns nirgendwo sicher fühlen, haben wir beschlossen, den Rest der Nacht hier zu verbringen. An Wanzen denke ich, seit Papa tot ist, nicht mehr.

„Flo“, sagt Mischa. „Ich habe den ganzen Abend lang nachgedacht.“ Gelegenheit dazu hatte er genug, denn wir sprachen kaum miteinander. „Du trauerst“, fährt er fort, „um deinen Papa. Ich aber weiß nicht, ob ich um Fanny trauere oder nicht. Denn sie ist jetzt eine Fremde.“

Ich spüre, daß er gleich durchdrehen wird. Aber ich will nicht, daß er noch einmal weint! Und ich will auch nicht mehr weinen. „Mischa“, sage ich und küsse ihn. „Ich liebe dich. Du mich auch?“ Er nickt wie ein altkluges Kind. „Ich werde“, sagt er, „niemand anderen heiraten als dich.“ Jetzt lächelt er, wenigstens ein bißchen.

„Einverstanden, und dann?“ „Dann“, sagt Mischa, „werden wir Eltern.“ Ich bin so gerührt, daß ich verstumme. Ob die Geschichte, die Fanny Papa erzählt hat, wahr ist oder nicht – es ist mir egal, und ich werde Mischa nie danach fragen.

„Wir wollen die besten Eltern der Welt sein!“ sage ich. Und obwohl wir es beide nicht glauben, küssen wir uns so feierlich, als wäre es ein Schwur.

Ich richte Kater Rawuzl, der sich in irgendeine geheime Ecke verkrochen hat, noch ein Schüsselchen Milch. Dann gehen wir schlafen, und wie Schmutz im Regen rinnt der Tag von uns ab.

*

Wir haben, noch vor dem Frühstück, die Nachrichten gehört. Weder Papas Leiche noch Fanny wurden gefunden. Und Rawuzl ist weg. Ich weiß nicht, warum mich das Verschwinden des Katers so beunruhigt. Die Milchschüssel ist unberührt, und in keinem Winkel sitzt er und schnurrt. Nicht einmal auf dem Gipskopf Richard Wagners.

Mischa meint, Papa und ich selbst hätten nicht genug aufgepaßt, und da wäre er einfach entwischt. Ich laufe hinunter und suche ihn überall in der Gegend, aber da sind nur lauter Tauben und gurren mich an.

Mischa ruft in der Bräunerstraße an, und natürlich meldet sich niemand. Ob Fanny noch immer in den Donau-Auen herumirrt? Da wir nicht wissen, was wir tun sollen, tun wir nichts.

*

Um zehn klingelt es. Wir schauen durchs Guckloch, und Peter Leclerc steht vor der Tür. „Ich habe", sagt er statt einer Begrüßung, „es jetzt erst erfahren." Ich nicke und stelle ihm Mischa vor. Sie geben sich die Hand, als faßte jeder in einen Mülleimer.

Eine Minute lang schweigen wir uns alle drei an. „Der Kater", sage ich schließlich, „ist auch verschwunden." Peter macht eine ungeduldige Bewegung mit der Hand. „Das ist doch jetzt ganz egal!" Mit großen Schritten stürmt er in Papas Zimmer. In der Mitte bleibt er wie angewurzelt stehen. Seine Kinnlade fällt langsam herunter, er sieht auf einmal um zehn Jahre älter aus. Zum Glück gibt es den schwarzen Diwan. Er setzt sich und zeigt mit dem Finger anklagend auf Papas Schreibtisch.

Er ist leer wie das Nirwana. Falls das Nirwana wirklich leer ist, so genau weiß das keiner. Merkwürdig, mir ist das gar nicht aufgefallen, und Mischa auch nicht. Immerhin standen wir unter einem Schock.

Es ist ein englischer Schreibtisch, mit grünem, goldgepreßtem Leder bespannt. Überall Messingbeschläge. Papa war sehr stolz auf ihn. Als Fanny und ich noch Kinder waren, hielt er unsere Köpfe dagegen und fragte, ob wir das Meer rauschen hören? Ein Schiffs-Schreibtisch, er hat ihn einem Kapitän abgekauft. Ich zähle die Laden, die Peter Leclerc aufreißt. Vier links, vier rechts und eine in der Mitte. Alle neun Laden sind leer.

„Deine Schultasche!“ brüllt er mich an. „Wo ist sie?“ Zuerst verstehe ich nicht, was er will. Aber natürlich, Papa hat meine alte schwarze Schultasche, als ich sie nicht länger tragen wollte, requiriert. Es war viel Platz drin, meine Bücher und Hefte hatten das Leder ausgebeult. Papa verstaute alle Manuskripte und Papiere darin, wenn er in Sachen Wasser unterwegs war. Und die unvermeidliche Buttersemmel auch.

Zu dritt suchten wir zuerst Papas Zimmer und dann die ganze Wohnung ab. Die Tasche blieb, wie der Kater, verschwunden.

„Er nahm sie doch kaum“, sagt Peter, „in die Au mit?“ Nein, ich erinnere mich an keine Tasche in seiner Hand. „Hat jemand außer dir Schlüssel?“ „Ja“, sage ich. „Fanny!“ Mischa wird ganz grün im Gesicht und geht hinaus. Er tut mir so leid. Ich bin wenigstens nicht mit Fanny verwandt!

„Wir müssen das der Polizei melden“, sagt Peter. „Ja“, sage ich, und es ist mir völlig egal.

*

Auf der Polizei erfahren wir, daß Papas Leiche noch nicht angeschwemmt wurde, und vielleicht wird sie das nie. Wenigstens nicht dort, wo man sie findet. „Kann", fragt der zuständige Beamte, „Ihr Vater schwimmen?"

Jetzt passe ich. Eigentlich komisch, daß ich es nicht weiß. Ich versuche, mich an gemeinsame Sommerausflüge zu erinnern. An Schulferien auf dem Land. Aber da waren immer nur Mischa, Fanny und ich. Und natürlich die Großmama, das aschgraue Haar über eine Häkelarbeit gebeugt oder über ein Buch. Ein Badetrikot, weinrot und silbergrau ... Sie trug es an einem See im Salzkammergut. Papa besuchte uns, was er sonst kaum tat. Er legte beide Hände um ihre Taille, tat er das wirklich? Es ist schon so lange her. Trotzdem höre ich plötzlich seine Stimme, als hätte er eben gesprochen: „Schmal wie ein Bleistift!" „Willst du schreiben mit mir?" Merkwürdig, daß sie ihn duzte, das tat sie sonst nie. Und er: „Nein, o nein ..."

Da entdeckten sie mich unter dem Bootssteg, zwischen den Enten, die ich mit meinem Jausenbrot fütterte. Sie rissen mich hoch, denn ein weißes Schiff legte gerade an. Ich wurde geküßt und gescholten, während die Enten laut und enttäuscht schnatterten. Dann führte Papa uns alle in einen Milchpavillon, wo wir Erdbeeren mit Schlag aßen. „Keine zweite Portion!" Die Großmama hob abwehrend die Hände. „Oder ich überlasse sie Ihnen zum Nachtmahl!"

„Ihnen?" Aber wie kann ich heute noch wissen,

was damals gesprochen wurde. Obwohl Papas leise Stimme mir förmlich in den Ohren dröhnt: „Neun Uhr?“ Und Großmama lächelte nur.

Es ist nicht so, daß ich den Polizeibeamten, und es ist ein höherer Polizeibeamter gewesen, enttäuscht habe. „Ich glaube nicht“, sagte ich. „Nein, ich glaube nicht, daß Papa schwimmen kann.“ Ich war, so scheint es, nahtlos geteilt. In eine gegenwärtige und in eine vergangene Floralind.

*

„Kommst du zu mir?“ Das fragt Peter Leclerc mich, als wir in der Wintersonne vor der Polizei stehen. Und ich weiß nicht, ob er die Kolingasse meint oder mehr.

„Nein“, sage ich. „Obwohl es lieb ist von dir. Aber ich glaube, Mischa geht es nicht gut.“ „Wenn sie seine Schwester finden“, sagt Peter, „wird es ihm noch viel schlechter gehen.“

Zum ersten Mal wird mir, was ich bisher vage gewußt habe, völlig klar: Fanny wird nicht zum Tode verurteilt, weil es bei uns keine Todesstrafe mehr gibt. Fanny wird verurteilt zu lebenslänglicher Haft und vielleicht, wegen guter Führung, entlassen. Aber dann ist sie eine alte Frau.

*

Ich bin doch nicht in die Bräunerstraße gegangen. Ich sitze im Café Stallburg und trinke die dritte Schale Kakao. Und dabei habe ich so etwas wie eine Biographie des Verbrechens gemacht. Für den Oberrat, der so gern wissen wollte, ob Papa schwimmen kann oder nicht. Mich verfolgen seine fragenden grauen Augen. Ich weiß nicht einmal, wie er heißt, oder vielleicht habe ich es vergessen. Aber ich möchte eine Antwort auf seine Fragen finden und auf meine eigenen auch.

FANNY FABRICIUS, 22, hat als Prof. Lerners Sekretärin Zugang zu brisantem wissenschaftlichem Material. Sie erwartet ein Kind von ihrem Bruder Mischa und vertraut sich Lerner an. Dieser bietet ihr, aus welchen Gründen auch immer, die Adoption an. Doch sie verschwindet am 1. November mit wichtigen wissenschaftlichen Notizen und verkauft sie an *UNBEKANNT.* Um einen Akt der Gewalt vorzutäuschen, läßt sie ihre auffallende rote Regenpelerine mitten auf der Straße zurück. Sie plant, mit Mischa ins Ausland zu gehen. Mit dem nötigen Geld versehen, werden sie ihre Identität wechseln und ein neues Leben beginnen.

MISCHA FABRICIUS, 22, Student, entzieht sich dem Einfluß seiner Schwester, in deren Pläne und Machenschaften er nicht oder kaum eingeweiht ist. Auch könnte ihre Aussage, ein Kind von ihm zu erwarten, falsch und die inzestuöse Bindung einseitig gewesen sein. Denn Mischa verliebt sich in Fannys Freundin *FLORALIND LERNER,* genannt *FLO,* 22, Studentin; also in mich. Fanny beschließt daraufhin, mich zu ermorden. Wie durch ein Wunder entkomme ich allen Anschlägen, die sie auf mich macht.

KARL LERNER, Universitätsprofessor, Doktor der Theologie, der Chemie und auch der Physik, 63, entdeckt, daß man Informationen in Wasser speichern und abrufen kann. Als sein wissenschaftliches Material verschwindet, verständigt er nicht die Polizei, sondern beredet Flo, also mich selbst, in der Öffentlichkeit die Rolle der verschwundenen Fanny zu spielen. Nicht, wie ich zuerst glaubte, als Lockvogel für Fannys Mörder. Sondern als Lockvogel für Fanny selbst! Ein genialer Schachzug, der sie von der Neugier über die Verwirrung in Panik treiben sollte und trieb. Denn nur das Unverständliche erzeugt Grauen. Fanny muß uns, ohne daß ich es merkte, nachgeschlichen sein. Als Lerner sie in der Au entdeckte und stellte, hatte sie vielleicht nicht die Absicht, ihn zu ermorden. Sondern sie handelte in Selbstverteidigung, als sie Lerner über die Böschung stieß. Aber Lerner ertrank, und Fanny flüchtete. Warum sie mich auf ihrer Flucht verschont hat, weiß ich nicht. Vielleicht, weil sie keine Waffe trug und nicht größer und kräftiger ist als ich selbst. Sie war verstörter als ich und noch viel entsetzter.

Ich würde, sollte man sie je finden, um Gnade bitten für sie. Meine Freundin Fanny gehört nicht ins Gefängnis. Man überlasse sie gnädig einer Irrenanstalt!

*

Ich war auf der Polizei und habe Herrn Oberrat Dr. Duda – jetzt weiß ich seinen Namen also wieder – meine Notizen zum Fall überbracht. Wenn er mich nichts fragt, sieht er jünger aus. So um die Dreißig vielleicht, obwohl seine braunen Haare schon grau werden. Den Seitenscheitel zieht er bestimmt mit dem Lineal. Ansonsten ist er betont unauffällig. Graue Augen, mittelgroß, blaß. Nur die Mundwinkel hängen ein bißchen herunter und verraten den Melancholiker.

Leiche ist keine angeschwemmt worden, und auch von Fanny fehlt jede Spur. Ich traue mich, sage ich, eigentlich nirgendwohin. Er murmelt etwas von Schutzhaft, das ich überhöre. Irgendwann fangen wir an, Tee zu trinken. Er heißt Augustin Duda. Komischer Name. Wenn er spricht, klingt es, als unterdrückte er ständig ein Seufzen. Mit dem lieben Augustin, der in die Pestgrube fiel, hat er jedenfalls keine Ähnlichkeit.

Gemeinsam verlassen wir das Polzeipräsidium, denn seine Dienstzeit ist aus. Er hat sie sogar, fürchte ich, mit mir überschritten. Und obwohl er es nicht will, landen wir beide im „Regenwurm". Das ist ein Beisel in der Singerstraße, und die Küche ist um Klassen besser als die Architektur.

Wir essen Eiernockerln mit grünem Salat und trinken einen Gespritzten dazu. Ich frage, was für wichtige Fälle er schon bearbeitet hat. Aber er spielt Auster und macht sich zu. „Jeder Fall", sagt er, „ist wichtig. Denn er betrifft Menschen, die leiden." Ein sentimentaler Melancholiker also.

„Papa leidet", sage ich, „oder vielmehr litt. Denn er wurde ermordet. Ich leide auch, denn ich bin in Gefahr. Aber die Mörderin?" „Sie leidet", sagt Duda, „vermutlich am meisten." Er schaut mich an, und seine Augen sind jetzt wie grauer Samt. „Vielleicht", sage ich, „haben Sie recht. Aber die Basis des gerichtlichen Urteils ist nicht Mitleid, sondern die Wahrheit."

„Die Wahrheit", sagt er, „gibt es nicht. Jedenfalls scheint sie etwas Perspektivisches zu sein, ein jeweiliger Standpunkt. Oder, vor Gericht, das mehr oder weniger zufällige Ergebnis der Untersuchungen."

„Ich hätte Sie gern anders kennengelernt", sage ich. „Beim Eislaufen zum Beispiel, wenn man beinahe fliegt." „Ja", sagt er. „Schade. Die Eislaufplätze sperren bald auf. Tanzen Sie?" „Auf dem Eis schon", sage ich. Er legt seine Hand auf die meine. Seine Finger sind nicht, wie ich es erwartet hätte, dünn und weiß. Er hat kurze, kräftige und sehr warme Hände. „Wenn Sie auf einsamen Plätzen tanzen, und das Eis ist nicht fest, brechen Sie ein." „Ja, ich weiß", sage ich.

Er zahlt und begleitet mich in die Nikolaigasse. „Gehen Sie nicht mehr aus heute", sagt er, „und öffnen Sie niemandem." Ich verspreche es ihm.

*

Durch das Guckloch schaue ich ihm nach, wie er langsam in den Windungen des Stiegenhauses verschwindet. Ich fühle mich auf einmal sehr einsam. Zuerst rufe ich Mischa an und dann Peter. Bei beiden lasse ich das Telefon zwölfmal klingeln, doch meldet sich keiner.

Ich versuche, nicht an Papa zu denken. Als es trotz Fernseher und Plattenspieler nicht gelingt, suche ich das Medizinschränkchen im Bad nach Schlafpulvern ab. Das darf doch nicht wahr sein! Lag Papa, wenn er nicht schlafen konnte, einfach im Bett und dachte nach? Ich jedenfalls habe nichts derartiges vor.

Rasch ziehe ich mich wieder an, und diesmal richtig! Keine gelben Schnürlsamthosen allerdings, sondern schwarze, und einen schwarzen

Pullover finde ich auch. Sonst kann ich nicht mehr viel für Papa tun.

Ich habe schon meinen Mantel an, als es klingelt. Nein, aufmachen werde ich ganz bestimmt nicht. Trotzdem schleiche ich auf Socken zur Tür und schiele durchs Guckloch. Draußen steht eine Dame in mittleren Jahren, einen eleganten blauen Hut auf der blonden Frisur. Ich glaube nicht, daß Mörderinnen Hüte tragen. Aber für alle Fälle versuche ich, nicht zu atmen. Die Unbekannte klingelt beharrlich. Endlich hebt sie ihre ausrasierten Augenbrauen, wirft einen erstaunten Blick auf unser Türschild, echt Messing, und zieht ab.

Ich warte genau zehn Minuten, die mir wie Stunden vorkommen. Dann schlüpfe ich aus der Wohnung. Wenn ich Glück habe, hat die Apotheke zum goldenen Reichsapfel Nachtdienst. Nein, hat sie nicht. Bis zum Schwedenplatz muß ich laufen, und das tut mir vielleicht gut. Obwohl der Anblick des Donaukanals wieder alle bösen Bilder in meinem Kopf aufwirbelt. Papas aus dem Strom ragende Hand und der Wahnsinn in Fannys Augen. Einen Moment lang wird mir ganz übel.

Der Apotheker im weißen Mantel weigert sich glatt, mir Valium zu verkaufen. Offenbar muß man sich ein Rezept unters Kopfkissen legen und es brav vorzeigen, wenn man nicht schlafen kann. Durch das Türgitter reicht er mir irgendwelche Kräuterkapseln, von denen ich jetzt schon weiß, daß sie nichts nützen werden.

Deprimiert gehe ich die Rotenturmstraße hinauf. Im Buffet am Lugeck bestelle ich mir einen Sherry und dann noch einen. Damit spüle ich die

Kapseln hinunter, zur Vorsicht gleich die doppelte Dosis. Noch einen Sherry zum Abschluß, dann werde ich vielleicht müde.

Zu Hause angekommen, wasche ich mir gerade nur das Gesicht, lege mich ins Bett und lösche sofort das Licht aus.

*

Ich erwache von einem Schlag gegen die Brust. Alarmiert suche ich den Lichtschalter und finde ihn nicht. Ich greife in etwas Weiches, Haariges und schreie laut auf. Im nächsten Augenblick spüre ich einen scharfen Schmerz im Gesicht. Irgendwie kriege ich die Nachttischlampe an, und die Haare sträuben sich auf meinem Kopf. Der verschwundene Kater sitzt auf meinem Bett und starrt mich mit giftigen grünen Augen an.

Auch wenn er verändert ist, fürchte ich mich nicht vor ihm. Ich fürchte mich nur bei der Frage: Wie kam er wieder in die Wohnung herein? Die Fenster sind alle geschlossen, und es ist der vierte Stock. Jemand muß ihn eingelassen haben oder gebracht.

Mein Herz klopft. Es klingt, als schlüge jemand mit dem Hammer Nägel in meine Rippen. Wenn der Kater vorher nicht da war und jetzt schon, bin ich nicht allein in der Wohnung.

Es muß passiert sein, während ich in der Apotheke war. Ich verfluche den Sherry und die Schlafkapseln. Denn mein Herz galoppiert zwar, aber der Kopf ist benommen. Ich kann keinen klaren Gedanken fassen. Automatisch streichle ich das Tier, und es pfaucht mich an.

Ich sollte telefonieren. Mischa anrufen, Peter, Augustin Duda. Irgend jemand müßte sofort herkommen. Aber ich sitze wie gelähmt in meinem Bett. Wie spät mag es sein? Ich schiele auf meinen Nachttisch. Zwei Uhr. Nicht zwölf, sagt man, sondern zwei wäre die wirkliche Geisterstunde. Jetzt fange ich auch noch zu zittern an.

Da! Aus den Augenwinkeln habe ich eine Bewegung im Spiegel gesehen. Im goldgerahmten Spiegel, er hängt genau gegenüber der Tür zu Papas Zimmer. Nicht einmal schreien kann ich mehr. Ich reiße den Mund auf, aber kein einziger Laut kommt heraus. Rawuzl ist mit einem Satz vom Bett gesprungen und in Papas Zimmer verschwunden.

Die Tür ist einen Spalt offen. War sie das früher auch? Ich versuche, eine natürliche Erklärung zu finden. Gelingt es mir jetzt nicht, mich selbst zu beruhigen, drehe ich durch.

Der blöde Kater, sage ich zu mir selbst, streunte. Dann kam er zurück und wartete, bis irgend jemand das Haustor öffnete. Danach trieb er sich im Stiegenhaus herum. Als ich von der Apotheke zurückkam, schlüpfte er hinter mir in die Wohnung. Erst als ich aufwachte und mit Panik auf ihn reagierte, wurde er aggressiv.

So war es, muß es gewesen sein. Ich stehe jetzt auf und gebe ihm etwas zu fressen.

Ich stehe auf und sehe mich doppelt im Spiegel.

Ich wage es nicht, mich umzudrehen. Die andere im Spiegel, die aussieht wie ich, hat den Kater so fest an ihre Brust gepreßt, daß er wimmert. Oder bin das ich? Kommt dieses wortlose Klagen aus meinem eigenen Mund?

Im Spiegel starrt Fanny mich an, und es ist kein Erkennen in ihren Augen. Ihr Geist scheint sich auf eine weite Reise begeben zu haben, und vielleicht kehrt er nie mehr zurück.

Ganz langsam setze ich einen Fuß vor den anderen, um Fanny in der Tiefe des Spiegels zurückzulassen, bis sie kleiner wird und immer kleiner. Wenn ich die Tür erreiche, gibt es keinen Spiegel mehr, und ich bin gerettet.

Der Kater springt plötzlich von Fannys Arm und verkriecht sich angstvoll unter dem Schrank. Fanny wird größer. Kommt von hinten auf mich zu und bewegt sich dabei wie ein Automat. Eine böse Puppe, und das Entsetzen nagelt mich fest. Jetzt lächelt sie lauernd, nur ihre Augen bleiben starr. Gleich darauf ist sie verschwunden, so dicht hinter mir, daß mein Bild das ihre verdeckt. Ich spüre ihren Atem auf meinem Nacken, und auf einmal wirbeln die Stunden, die Tage, die Jahre wie Schneeflocken davon. Wir sind wieder Kinder und spielen im Stadtpark Blinde Kuh. Fanny hat mir die Augen mit einem weißen Tuch verbunden und mich so lange im Kreis gedreht, bis ich nicht mehr weiß, wo ich bin. Mit ausgestreckten Armen suche ich sie, und da höre ich sie hinter mir lachen.

Aber ich höre sie wirklich, jetzt und hier! Zwei Hände, die meinen eigenen gleichen, legen sich im Spiegel um meinen Hals. Ganz leicht zuerst, beinahe zärtlich. Und dann bekomme ich keine Luft mehr und würge und würge und würge ...

Das nächste, was mir in die Augen fällt, ist das Papiermesser auf meinem Biedermeiertisch. Ein scharfer Sarazenerdolch, einer der Jungen, mit denen ich früher tanzen ging, brachte ihn mir von den Ferien mit.

Was dann geschah, weiß ich nicht mehr. Irgend jemand hat das Licht in meinem Kopf ausgelöscht. Als ich wieder auf die Uhr schaue, ist es drei. Mein Hals schmerzt, und das Messer in meiner Hand ist voll Blut.

*

Ich muß wohl ein zweites Mal ohnmächtig geworden sein. Denn die Glocken vom Stephansdom läuten. Sieben tiefe Schläge und dazu das helle Gebimmel der Deutschordenskirche. Ich öffne das Fenster, und ein nebeliger Morgen kriecht zu mir ins Zimmer herein.

Das Messer ist verschwunden, und das einzige lebende Wesen in der Wohnung bin ich selbst. Keine Spur von Fanny, nicht einmal ein Blutstropfen auf dem Parkett. Und nirgendwo, auch nicht unterm Schrank, Rawuzl. Ich kann das doch nicht alles geträumt haben?

Nein, denn im Spiegel erkenne ich die Würgemale auf meinem Hals. Dunkle Flecke, und das Schlucken tut immer noch weh.

Fanny hat also versucht, mich zu töten, und ich habe sie mit einem Papiermesser vertrieben. Es klingt alles so lächerlich, und doch lache ich nicht. Ich rufe das Polizeikommissariat an und lasse mich mit Herrn Dr. Augustin Duda verbinden.

Er hört mir, ohne mich zu unterbrechen, zu. Ich höre mir auch zu und bin erstaunt über den leisen, schleppenden Tonfall, in dem ich meine Geschichte erzähle. Eigentlich müßten meine sämtlichen Nerven in Flammen stehen. Aber ich bin nur müde. Nur völlig erschöpft.

Ein langes Schweigen. Ich glaube schon, die Verbindung wäre unterbrochen. Und dann: „Könnten Sie bitte auf das Kommissariat kommen? Jetzt gleich?“

Nun ja, ich habe noch nicht gefrühstückt. Und überhaupt, wie denkt er sich das? Hinter der nächsten Ecke wartet womöglich Fanny auf mich.

„Mir wäre es lieber, Sie kämen mich holen.“ „Geht nicht“, sagt er. „Aber ich schicke gleich einen Wagen.“

Also keine Zeit mehr für ein Bad. Ich dusche und stelle mir vor, daß diese letzten schmutzigen Tage von mir abrinnen wie das heiße Wasser, das meine Haut fast verbrüht. Kalt, heiß, kalt, heiß, kalt. „Wenn du das dreimal machst, bist du wie neu geboren.“ Wer hat das nur zu mir gesagt? Ich versuche, mich zu erinnern, aber alles scheint zu zerfließen. Ich habe keine feste Vergangenheit mehr. Die Einheit der Zeit bricht auseinander, und es sind lauter Scherben, von denen keiner zum anderen paßt.

Wie neu geboren? Ich lache und spüre dabei die Tränen über meine Wangen laufen, als ich mich anziehe. Dasselbe wie gestern, es ist ja doch alles egal. Ich werde noch Kakao in der „Aida“ am Stephansplatz trinken . . .

Nein, auch das nicht mehr. Das weiße Auto mit den blauen Polizeilichtern steht schon vor der Tür.

*

Mein Oberrat ist nicht allein in seinem Zimmer. Die Blonde, die gestern abend an meiner Tür klingelte, ist bei ihm. Mit parallelen Beinen sitzt sie, wie die Königin von England, auf dem billigen Bürostuhl. Schwarze Pumps, nußschalenfarbene Nylons, ein rotes Kostüm über der weißen Bluse. Als mein Blick höherwandert, stelle ich fest, daß ihre dünnen Augenbrauen nicht mehr staunend erhoben sind. Sie sind fast auf ihre faden blauen Augen heruntergerutscht, und auf nichts dieser Welt scheint sie mehr neugierig zu sein. Ich warte darauf, daß Augustin Duda uns miteinander bekannt macht, aber er tut nichts dergleichen. Und obwohl er irgendwelche Akten zu unterschreiben scheint, habe ich das Gefühl, er beobachtet uns oder mich.

„Was wollen Sie von mir?" Ihre Stimme hat einen Sprung. Da ich nicht weiß, was ich darauf antworten soll, lächle ich höflich. „Seit ich nicht mehr an Gott glaube, habe ich meine Kirchenbesuche eingestellt", sagt sie und blinzelt. Ich kriege auf einmal keine Luft, obwohl ich versuche, das verqualmte, ungelüftete Zeug in mich hineinzupumpen. Dr. Duda kommt hinter seinem Schreibtisch hervor auf mich zu. „Ist Ihnen nicht gut?"

„Natürlich nicht!" Ich werfe ihm einen giftigen Blick zu. „Ich wünsche Ihnen eine Nacht wie die meine, und dann reden wir weiter." Er zuckt aufreizend die Achseln. „Verzeihen Sie, Toni", sage ich. „Aber der Herr Oberrat hat mir verboten . . ."

Sie hört mir nicht einmal zu. „Ich kam, weil ich von Karls . . ." Jetzt stockt sie. „Ermordung?" biete ich an, und sie zuckt zurück, als wäre ich eine züngelnde Viper. „Er wurde bisher nicht gefunden", sagt sie hoffnungsvoll. „Und bei einem Wissenschaftler wie Karl weiß man nie . . ."

Aus ihrer Krokodillederhandtasche zieht sie ein weißes Batisttaschentuch und hält es an ihre Augen. „Ich habe keinen Grund", erklärt sie mit zerhackter Stimme. „Nicht den geringsten!" Sie weint diszipliniert – und ganz Dame.

„Woher wußten Sie es", fragt sie und schaut mich trostlos an. „Hat er es Ihnen gesagt, hat er von mir gesprochen?" Ich empfinde plötzlich Mitleid mit ihr. „Ja", sage ich. „Und er hat einen Brief an Sie geschrieben."

Ihre Augen werden ganz hungrig. „Einen Brief? Ich habe nie einen Brief von ihm bekommen. Schon seit zwanzig Jahren nicht mehr." Wieder ist das Batisttaschentuch an der Reihe, und der Oberrat unterschreibt, unterschreibt.

„Wie lang?" frage ich, und sie sagt: „Zwei Jahre. Ich war zwei Jahre lang Frau Karl Lerner, und ich bin es noch immer." „Aber warum", frage ich, „haben Sie ihn dann verlassen?" „Ich habe ihn", sagt sie, „nicht verlassen. Nie!"

„Die Ehe", sagt Augustin Duda und schaut dabei nicht uns an, sondern seine Akten, „wurde nicht vollzogen und daher annulliert."

Ein Engel geht, wie man so schön sagt, durchs Zimmer. Toni – nicht mehr und noch immer nicht Frau Karl Lerner – unterbricht endlich die Stille. Sie schnieft auf und stopft das Batisttaschentuch verbissen in ihre Handtasche zurück. „Auf Karls Wunsch haben wir im ersten Jahr ein Kind adoptiert", sagt sie. „Ein Mädchen, und den Namen hat er ausgesucht: Floralind!"

Sie blickt sich um, als erwarte sie Applaus. „Hat Papa schon damals diese Experimente mit Wasser gemacht?“ frage ich. Toni schüttelt den Kopf. „Das wissen Sie nicht?“ Ein klein und alt gewordener Triumph zittert in ihrer Stimme. „Er war Theologe und soeben zum Dekan der Universität ernannt worden. Einen Skandal hätte er nicht durchgestanden. Nicht in der Position!“

Von welchem Skandal spricht sie? Aber ich bin nicht ganz sicher, daß ich es wissen will. Während ich meine Frage also noch im Munde bewege, steht sie abrupt auf. „Ich muß jetzt“, sagt sie mit einem Blick auf die goldene Uhr an ihrem Handgelenk, „mein Hutgeschäft aufsperren.“ Sie lächelt dünn. „Karl hat nie gewußt, daß ich meinen Lebensunterhalt aus Damenhüten beziehe. Und es hätte ihn auch nicht interessiert.“

Sie reicht mir die manükierten Fingerspitzen ihrer Hand. „Ich hoffe, Sie haben Ihre Freundin inzwischen gefunden?“ Ich huste ein bißchen, es ist schließlich November. Noch immer. „Auf Wiedersehen, Fanny. Obwohl ich nicht glaube ...“ „Ich bin“, sage ich, „Floralind.“

„Nun ja.“ Sie schaut mich an, als wäre ich ein Damenhut aus der Serie. „Natürlich seht ihr euch alle ähnlich.“ „Ja“, sage ich. „Fanny und mich könnte man wirklich verwechseln.“ „So?“ Ihre Stimme bleibt teilnahmslos. „Ich kenne nicht alle Drillinge, und ich hoffe, die Bekanntschaft bleibt mir erspart.“ Augustin Duda geleitet sie hinaus, das Hutgeschäft wartet. Ich warte auch. Auf ein Loch, durch das ich aus mir selbst hinausschlüpfen kann. Aber diese Art Löcher scheint es, solange man lebt, nicht zu geben.

Der Oberrat hat mir einen Becher Kaffee mitgebracht. „Sie sind also Geschwister? Floralind, Fanny und Mischa ...“ Er dreht sich um und blickt taktvoll aus dem Fenster. „Wissen Sie, wer Ihre Mutter ist?“

Ich trinke den Kaffee bis zum letzten Schluck aus. „Nein“, sage ich und werfe den Becher in den Papierkorb. „Ich weiß es nicht.“

*

Eigentlich sonderbar, daß er mich gehen ließ. Einfach fortgehen aus dem Haus mit der grünen Kuppel, und er schaute mir nicht einmal nach. Oberrat Dr. Augustin Duda, der Beamte, eine pensionsberechtigte Sphinx. Weiß er nicht, wie gefährlich dieser Tag sein kann? Für mich – und vielleicht nicht nur für mich.

Ich drehe mich immer wieder um, womöglich folgt er mir? Gegen den dunkelgrauen Himmel hebt die Roßauer Kaserne mit ihren roten Backsteinen sich ab wie ein düsteres Schloß. Plötzlich erscheint meine eigene Geschichte mir nur mehr wie ein Märchen. Ein unheilvolles Märchen, in dem ich die verwunschene Prinzessin bin.

Die Kolingasse ist ganz nahe, und um die Zeit ist Peter Leclerc gewiß noch zu Hause. Er steht in der Küche und brät Eier mit Speck. Wir könnten miteinander frühstücken, und ich würde ihm alles erzählen. Bestimmt hätte Peter Mitleid mit mir.

Eben. Mitleid könnte ich nicht ertragen. Nicht jetzt.

Langsam gehe ich den Donaukanal Richtung Rotenturmstraße entlang. Aber ich möchte nicht in die Nikolaigasse und in die Bräunerstraße auch nicht. Ich möchte nirgendwohin gehen.

Es beginnt zu regnen. Ein dünner, kalter Sprühregen, so grau wie der Himmel, von dem er fällt. Obwohl ich friere, setze ich mich auf eine der leeren Bänke und schreibe.

*

Irgendwann muß ich wohl aufgestanden und weitergegangen sein. Warum gerade in die Johannesgasse? Ich weiß es nicht. Nur meine Beine bewegen sich, in meinem Kopf ist es still wie auf einem Friedhof. Die Gedanken sind alle gestorben.

Dann stehe ich vor dem grünen Plüschsofa. Großmama und Fanny sitzen darauf und halten sich an den Händen. Gleich wird etwas geschehen, etwas Furchtbares . . .

Es ist mein Mund, der schreit. Mein Geist weiß nichts davon. Ich merke nicht einmal, daß ich mich auf sie stürze. Habe ich nach der Polizei geschrien? Ganz offenbar, denn jetzt ist Oberrat Augustin Duda im Zimmer, und alles wird gut.

„Verhaften Sie Fanny", sage ich, und zeige auf sie. Mein Verstand ist wieder eisig und klar wie ein Bergquell.

„Das ist nicht Fanny." Großmama hat sich erhoben. Sie ist sehr klein und zittert am ganzen Leib. „Das ist nicht Fanny", wiederholt sie, „sondern Flo." Ihre Stimme klingt, als würde ein Kind weinen. Sie streckt dem Oberrat ihre beiden dünnen Hände entgegen. „Verhaften Sie mich!"

„Kümmern Sie sich nicht darum", raune ich

Dr. Duda zu, denn ich möchte nicht, daß sie es hört. „Sie ist krank." Und ich nenne den lateinischen Namen.

Zuerst glaube ich, ich sehe nicht recht. Dr. Duda nimmt Großmamas Hände und küßt sie. Dann setzt er die alte Dame behutsam auf ihr Sofa zurück. Sogar für die Wiener Polizei ist das ungewöhnlich.

Fanny muß sich in der letzten Nacht in der Nikolaigasse umgezogen haben, denn sie trägt meine schwarzen Samthosen und meinen schwarzen Pullover. Als Trauerkleidung äußerst geschmackvoll. Worauf wartet der Oberrat noch?

Meine Erwartung, daß er sie in Handschellen abführen wird, erfüllt sich nicht. Statt dessen deutet er mit dem Kopf eine leichte Verneigung an. „Darf ich die beiden Damen bitten, mich zu begleiten?"

Wahrscheinlich muß ich das ganze Material gegen Fanny noch einmal zu Protokoll geben. Stumm gehen wir die Treppe hinunter. Fanny würdigt mich keines Blicks. Ich sie auch nicht.

Unten wartet ein großer Polizeiwagen mit Chauffeur. Augustin Duda läßt Fanny vorn Platz nehmen und setzt sich selbst neben mich auf den Rücksitz. Eine Konversation findet nicht statt.

*

Die Roßauer Kaserne gleicht keinem Schloß mehr. Diesmal erinnert sie mich an ein Gefängnis. Als ich unwillkürlich einen Schritt zurückweiche, faßt mich der Oberrat am Arm. Soviel Kraft hätte ich ihm nicht zugetraut. „Ich brauche keine

Stütze“, sage ich und versuche, mich zu befreien. Doch er hält mich sehr fest.

Zu meiner Beruhigung sehe ich, auch Fanny hat einen Begleiter. Wir haben so vieles gemeinsam erlebt. Hinterher haben wir uns daran erinnert und zusammen darüber gelacht.

Auch daran werden wir uns erinnern, aber getrennt. Und wir werden nie mehr miteinander lachen. Ich wende den Kopf ab, denn mein rechter Mundwinkel zuckt.

*

Ich schreibe in der Gegenwart weiter, denn sie ist nicht vergangen. Nur die Zeit ist verstrichen. Es ist genau vierundzwanzig Stunden her, seit wir das Büro Dr. Dudas betraten.

Es war keineswegs leer.

Armer Mischa. Jede Menge Stühle gibt es hier, aber er steht in der Ecke, als hätte ein unsichtbarer Lehrer ihn bestraft. Er begrüßt weder Fanny noch mich. „Sie haben mich kommen lassen“, sagt er und schaut Duda mit dem Blick eines ertappten Ladendiebes an.

Der Oberrat bedeutet uns kurz, Platz zu nehmen, und es ergibt sich, daß Mischa zwischen Fanny und mir sitzt. Duda verschanzt sich hinter seinem großen Schreibtisch, wo er uns alle drei mühelos im Auge behält. Dann läßt er einen Inspektor Sowieso kommen, einen Hünen mit weißblondem Stachelhaar, der sich hinter das winzige Schreibmaschinentischerl zwängt. Die Vorstellung kann beginnen!

„Sie sind also Floralind Lerner und bezeugen,

daß Stephanie Fabricius, ledig, 22 Jahre alt ...“ Mit ausdruckslosem Gesicht betet der Oberrat noch einmal die ganze Geschichte herunter. Der Hüne tippt in die Schreibmaschine, daß ich Fannys versuchten Mord an meinem Vater, Prof. Dr. Dr. Dr. Karl Lerner, bezeuge – aber wieso versucht? „Es war Mord!“ „Noch haben wir“, sagt der Oberrat, „keine Leiche.“

Ich bezeuge auch, daß Fanny sich große Mühe gab, mich zu erwürgen. Noch ein Mordversuch, und die Leiche lebt. Zuletzt unterschreibe ich alles und warte. Jetzt ist Fanny an der Reihe, und ich bin gespannt.

*

„Sie sind Stephanie Fabricius und haben ...“ „Nein!“ Der Oberrat unterbricht seine monotone Rede und schaut Fanny an. „Fanny Fabricius ist die Zeugin“, sagt sie. „Ich aber bin Floralind Lerner.“

Mischa schlägt ganz langsam beide Hände vor sein Gesicht und nimmt sie auch nicht herunter, als der Oberrat ihn zum dritten Mal fragt, wer nun wirklich die eine ist und wer die andere.

Höchste Zeit, daß ich Mischa zu Hilfe komme. „Fanny“, sage ich, „ist eines Tages plötzlich verschwunden und kehrte als Flo zurück. Ich weiß nicht, ob Sie sich je mit Psychiatrie befaßt haben.“ „Sie?“ fragt er zurück. „Am Rande“, erkläre ich leichthin. „Jedenfalls hat die Polizei es immer wieder mit Fällen von Amnesie zu tun oder nicht?“ „Schon möglich“, gibt er zu. „Also“, sage ich: „Zur Amnesie gehört auch das sogenannte psychogene Weglaufen oder ..." Hilfesuchend stoße ich Mischa mit dem Ellbogen an. „So sag doch auch etwas! Du hast es schließlich studiert."

„Fugue", murmelt er und nimmt endlich die Hände vom Gesicht. „Ein plötzliches, unerwartetes Weggehen von zu Hause oder vom gewohnten Arbeitsplatz mit Annahme einer neuen Identität und der Unfähigkeit, sich an die frühere Identität zu erinnern."

„Das klingt", sagt der Oberrat, „als hätten Sie es auswendig gelernt." „Das habe ich auch", erklärt Mischa. „Für meine Prüfung. Es gibt dann noch die dissoziative Störung und die multiple Persönlichkeit. Doch ich vermute ..." Hier verstummt er, und sein junges Gesicht wird abweisend und alt.

„Sie ist seine Schwester" sage ich sanft. „Ich glaube, Sie sollten ihn jetzt heimgehen lassen." „Sie beide sind seine Schwestern, wie wir seit heute früh wissen, und nach Hause geht niemand. Denn ich nehme Sie alle drei in Untersuchungshaft." Mischa ist aufgesprungen, und schon stehen der Oberrat und der Hüne neben ihm und halten ihn fest. Aber er will gar nicht fortlaufen.

Augustin Duda persönlich gießt ihm Brandy ein, einen doppelten, und hält ihm das Glas hin. Mischa verschüttet ein paar Tropfen, so zittert seine Hand.

„Ich möchte Peter Leclerc anrufen", sage ich kühl, „und bitten, daß er die Kaution für mich erlegt." Oberrat Duda schiebt mir schweigend das Telefon hin. Ich wähle die Nummer und lasse es klingeln und klingeln.

Dann werden wir in drei getrennte Zellen auf der Elisabethpromenade gebracht. Wir hatten keine Gelegenheit und wohl auch keine Lust, miteinander zu reden. Später vielleicht, wenn wir wieder ein normales Leben führen. Zwei von uns jedenfalls.

Ich beklage mich nicht. Meine Zelle ist sauber und hell, und die Mahlzeiten könnten noch schlechter sein. Ich durfte mein Manuskript behalten und weiter darin schreiben. Obwohl ich nicht mehr weiß, was ich schreiben soll.

Mein Fenster ist vergittert, und das ist vielleicht gut so. Denn wenn ich davor stehe und auf die Straße tief unter mir schaue, spüre ich etwas wie einen Sog. Ich werde ganz schwindelig davon und weiche zurück zur gegenüberliegenden Wand, wo ich dann stehenbleibe, oft stundenlang.

Ich vergaß, zu erwähnen, daß die Zeit weiter verstreicht. Ob schnell oder langsam, bemerke ich nicht mehr. Ich schlafe viel und träume von unserer Kindheit. In drei Tagen, sagt die Wärterin, ist Weihnachten.

*

Drei Tage vor Weihnachten, und ich bin wieder da. Ich, Flo! Oberrat Duda hat sich persönlich bei mir entschuldigt, daß es so lange gedauert hat. Aber sie mußten alle Angaben überprüfen. Meine und die von Fanny auch. Mischa hat während der ganzen Untersuchungshaft den Mund kaum zum Essen aufgemacht, er ist so abgemagert, daß sich mir das Herz umdrehte, als ich ihn zum ersten Mal wieder sah.

Aber der Reihe nach! Ich werde der Reihe nach erzählen, was wirklich geschah. Und ich werde Fannys plumpe Fälschung nicht entfernen. Sie gehört ins Manuskript, und sie gehört zur Geschichte. Bei der Lektüre wunderte ich mich, wie gut sie meinen Stil manchmal traf, ehe sie wieder in ihr eigenes, rührseliges Pathos zurückfiel. Nun ja, sie ist Schauspielerin, auch wenn sie diesen Beruf nie auf der Bühne ausgeübt hat. Und sie hat mich insgesamt so perfekt imitiert, daß sie mir jede Freude an mir selbst gründlich verdorben hat.

Ihr Auftritt beginnt im chinesischen Restaurant, als ich zum Telefon gerufen wurde. Nein, nicht ich. Denn auf Papas Wunsch hatte ich Fannys Rolle zu spielen, bis sie an jenem Abend auf ziemlich dramatische Weise die meine übernahm. Aber warum alles das? Was bezweckte Papa mit dem ersten Rollentausch und was Fanny mit dem zweiten? Ich weiß es noch nicht, aber ich schwöre, das kriege ich schon heraus.

Natürlich war die Untersuchungshaft ein einziger Zeitverlust. Auf der Pritsche liegen und nachdenken, ist nicht mein Talent. Ich brauche Bewegung. Zum Glück konnte meine Wärterin Judo und brachte es mir gegen die Lehren der Vorsokratiker bei, so waren die sechs Wochen nicht völlig verloren. Auch nicht für die Wärterin, die sich in einen verwitweten Griechisch-Professor verliebt hat und ihn mit Empedokles und Anaximander zum Altar schleppen will.

Zurück zum Chinesen! Peter Leclerc begleitete mich also zum Telefon, das am Ende eines düsteren Korridors liegt. Ich glaubte, eine weibliche Gestalt zu erkennen. Das letzte, woran ich mich erinnern kann, ist ein Schlag auf den Kopf.

Zwischen lauter Damenhüten kam ich wieder zu mir. Kein Wunder, daß ich das Ganze für einen Traum hielt. Noch dazu war ich so gut wie nackt. Ich hielt es für eine nette Idee, mir einen Hut aufzusetzen. Die Beleuchtung war mehr als schummrig, was mir die Wahl beträchtlich erschwerte. Als sie auf einen schwarzen Samthut mit Reiherfedern fiel, sagte eine Stimme: „Er wird Ihnen nicht passen, Sie sind nicht der Typ."

Diese Stimme habe ich doch schon gehört? Ich schaue mich um, und meine Augen bleiben auf der Mündung eines Revolvers kleben wie Fliegen am Leim. Es ist ein eleganter kleiner Revolver, soweit ich sehe. Aber es ist keine ruhige Hand, die ihn hält.

Im Halbdunkel erkenne ich sie nicht gleich. Diesmal trägt sie kein weißes Wollkleid, sondern ein rotes Kostüm. Natürlich, die Porzellanstimme. „Hallo, Toni!" sage ich. „Ich träume gerade von Ihnen. Wir sitzen mitten in einem Haufen verrückter Hüte, und Sie wollen mich totschießen." Ich kichere sogar ein bißchen. Als ich merke, wie kläglich es klingt, höre ich auf.

„Ich will Sie nicht totschießen", sagt Toni. „Ich muß es nur, wenn Sie nicht folgen." Verrückt. Sie spricht zu mir wie eine Schullehrerin zum Kind. Eine Schullehrerin mit Revolver. „Gut", sage ich, um sie nicht noch nervöser zu machen. „Was soll ich tun?"

Mit der Linken schiebt sie mir ein Bündel Kleider herüber. „Da", sagt sie. „Ziehen Sie das an!" Grauer Rock, grauer Pullover. Nicht gerade mein Stil. Da ich friere, schlüpfe ich rasch hinein. Den Reiherhut habe ich auf einem hölzernen Damenkopf deponiert.

„Wer", frage ich, „soll ich jetzt sein?" „Diejenige, die Sie immer waren", antwortet sie. „Fanny Fabricius!" Ich schlucke. „Und deswegen haben Sie mich entführt?" „Keiner hat Sie entführt", sagt sie mit flacher Stimme. „Wir haben nur Ihre Identität korrigiert."

Wir? Toni also – und wer noch? Eine innere Stimme warnt mich, zu fragen. „Fräulein Fabricius wurde ans Telefon gerufen, und Sie gingen hin. Oder nicht?" „Ich ging hin", gebe ich zu. „Aber an meinen Tisch kehrte ich nicht mehr zurück. Wer ißt jetzt meine Lychees?"

„Niemand", sagt sie. „Um vier Uhr früh ißt niemand mehr Lychees." Ich versuche, die Stunden zu zählen, die mir abhanden gekommen sind. „Haben Sie mir fast den Kopf eingeschlagen?" Sie zuckt angewidert zusammen. „Ich bin eine Dame!" Offenbar will sie auch eine vollendete Gastgeberin sein. Denn sie zaubert, wahrscheinlich sogar aus einem Hut, ein Glas und eine Flasche hervor. „Sherry?" „Danke nein", sage ich. „Ich mache mir nichts aus Sherry." „Unsinn", erklärt sie und gießt ein. „Sherry ist Ihr Lieblingsgetränk!"

Ich rühre das Glas nicht an. „Fannys Lieblingsgetränk!" „Meine Beste", sagt sie. „Sie haben mir geschrieben, und Sie haben mich, übrigens unaufgefordert, besucht. Beide Male haben Sie sich als Fanny Fabricius vorgestellt. Sie sind wohl ein bißchen schizophren, oder?"

Darauf kann ich keine Antwort geben, ich weiß

sie ja selbst nicht. „Wie lange“, frage ich, „wollen Sie mich hier festhalten?“ „Festhalten?“ fragt sie erstaunt zurück. „Kein Mensch hält Sie fest. Es ging Ihnen, aus welchen Gründen auch immer, nicht gut. Ich las Sie buchstäblich von der Straße auf. Um genau zu sein, vor einem Hutsalon. Er gehört mir, und ich entwarf abends noch neue Modelle. Nur weil ich Sie kenne, habe ich Ihnen Gastfreundschaft gewährt.“

Das ist ein starkes Stück! Oder doch nicht? Also ein Sherry ist besser als gar nichts. Ich trinke das Glas in einem Zug leer. „Und der Revolver?“ frage ich.

Toni schaut mich verständnislos an. „Was für ein Revolver?“ Komisch, jetzt sehe ich selbst keinen mehr. Aber ich sehe überhaupt wenig und immer weniger. Es drängt mich, ihr ein Kompliment über ihre Hüte zu machen. Aber ich kann nur mehr lallen, und dann wird es finster.

*

Ich wache von einem äußerst penetranten Geruch auf. Pfui Teufel, Maiglöckchen. Nur im Frühling am Waldrand habe ich nichts gegen sie. Ist vielleicht Frühling, und wo bin ich selbst?

Vögel. Ich höre Vögel schreien. Möwen und Krähen. Aber die Bäume – es sind, glaube ich, Erlen und Weiden – sind kahl. Es ist also Winter. Ich schnuppere nach den Maiglöckchen und stelle verstört fest: Ich selbst verbreite diesen unpassenden Duft. Wieso eigentlich? Ich parfümiere mich nie. Aber es gibt auch keine Krähen und Möwen in der Nikolaigasse, nur Tauben.

Nein, ich muß irgendwo ganz anders sein. Skurrile Damenhüte purzeln wie ein Wasserfall durch mein Gehirn. Ist da nicht, irgendwo zwischen den Hüten, ein Revolver? Rinnsale der Erinnerung, sie ertrinken im Rauschen des Stroms. Ist das die Donau? Und in ihrem Brausen eine Stimme, die mich ruft, als wollte ich mit mir selbst telefonieren. „Lauf weg?" Ich verstehe nichts, die Verbindung ist noch immer gestört.

Das nächste, was ich höre, ist ein Schrei. Die Stimme kenne ich doch, mein Leben lang kenne ich sie. „Papa", rufe ich, „wo bist du, Papa?"

Keine Antwort. Nur Krähen und Möwen – aber da ist doch noch etwas? Im Gebüsch knackt es, und ich höre zwei oder drei Stimmen wispern. Wäre nicht Entropie in meinem Kopf, diese widerwärtige Unordnung . . . Aber so verstehe ich nichts.

Als ich so einigermaßen wieder ich selbst bin und mich umschaue, entdecke ich von dem ganzen Spuk nicht die geringste Spur. Keine Frage, daß die Dame Toni mir etwas Sonderbares in den Sherry gemixt hat. Dann schleppte sie mich hierher. Allein? Kaum, dabei muß ihr jemand geholfen haben. Peter Leclerc? Ich muß herausfinden, was für eine Verbindung zwischen den beiden besteht.

Allmählich erkenne ich die Gegend wieder. Natürlich, die Donau-Au. Der gespaltene Baumstumpf, zu dem Mischa mich geführt hat. Damals haben wir Fanny gesucht. Ich klettere über die Böschung und wasche mir ihre Apfelblütenhaut, Kußmündchen und Lidschatten mit original Donauwasser aus dem Gesicht.

Mit der U-Bahn fahre zurück in die Stadt. Schwarz, denn ich habe nicht einen Groschen. Mein Plan steht, ohne daß ich darüber nachgedacht hätte, fest. Ich marschiere geradewegs ins Chinesische Restaurant. Eine Leiche, selbst eine lebendige, transportiert man nicht ab, ohne daß jemand es merkt.

Pech, es ist ein Abendlokal. Geöffnet täglich ab 18 Uhr. Hüte kann man, so scheint es, den ganzen Tag kaufen. Der Hut mit der Reiherfeder springt mir direkt in die Gott sei dank wieder grünen Augen. Der Laden ist im gleichen Haus wie das Restaurant. Sehr interessant!

Die Sonne malt Kringel auf die Straße. Die Türme der Votivkirche spießen eine weiße Wolke auf. Habe ich an einem so hellen Tag Angst, Hüte zu probieren?

Die Ladenglocke bimmelt diskret. Ein Lehrmädchen mit schmutzigen Haaren und traniger Haut fragt nach meinen Wünschen. Die Chefin persönlich möchte ich sprechen? Nein, das geht leider nicht. Sie ist schon die ganze Woche krank, ob man ihr etwas ausrichten soll?

Da mir auf Anhieb keine passende Botschaft einfällt, gehe ich wieder. Ich werde Papa also eine unvollständige Geschichte erzählen, aber vielleicht steuert er selbst ein paar fehlende Teile bei.

Als ich in der Nikolaigasse klingle, macht niemand auf. Nur Rawuzl miaut freudig. Er weiß immer, ob es einer von uns beiden ist, der vor der Tür steht oder nicht. Hat Papa vergessen, die Milchflasche hereinzuholen?

Ich habe keine Handtasche mehr und also auch keine Schlüssel. Aber Papa und ich haben für

Notfälle ein Versteck, auf das garantiert keiner kommt. Nicht unter der blöden Türmatte natürlich, sondern – aber das sage ich vielleicht lieber nicht. Jedenfalls, ich sperre auf und gehe hinein. Die Milch nehme ich mit.

Rawuzl springt mir mit einem Satz auf die Schulter und schnurrt. Aber ich höre noch etwas anderes außer dem Schnurren. In Papas Zimmer geht jemand herum, und Laden seines Schreibtisches werden herausgeschoben und wieder hinein.

Sicher, es könnte Papa sein. Aber ich weiß, daß er es nicht ist. Nicht nur, weil auf mein Klingeln niemand öffnete. Sondern es ist wie mit Rawuzl. Man spürt einfach, ob jemand Bestimmter da ist oder nicht.

Dieser Unbestimmte im Nebenzimmer, wieso läßt er sich nicht beirren? Er muß längst gemerkt haben, daß er nicht mehr allein ist. Was macht ihn so sicher?

In einem plötzlichen Entschluß reiße ich die Tür auf, und Peter Leclerc grinst mich an wie ein Löwe das Lamm. Seine Zähne sind groß und gelb. „Ich habe auf Sie gewartet, Fanny", sagt er. „Kommen Sie freiwillig mit zur Polizei, oder muß ich Gewalt anwenden?"

Bevor ich noch nachdenken kann, was ich tun soll, habe ich es schon getan. Nämlich die volle Milchflasche, die ich zum Glück in der Hand halte, auf Peter geworfen. Ich habe, glaube ich, einen Treffer gelandet. Denn ich höre Peter hinter mir fluchen. Ohne mich noch einmal umzudrehen, sause ich aus der Tür und die Treppe hinunter. Ich bin schon auf der Gasse, als ich merke, daß Rawuzl noch immer auf meiner Schulter sitzt.

Peter wird jeden Moment auftauchen. Ich muß also meinen kleinen Vorsprung gut nützen. In der Singerstraße gibt es ein paar Boutiquen. Ich flitze in die nächste hinein, raffe jede Menge Blusen vom Ständer und verschwinde in der Probierkabine. Auf die Idee, mich hier zu suchen, kommt Peter nie.

Die Verkäuferin hat mich jetzt erst bemerkt und Rawuzl, hoffentlich, gar nicht. „Kann ich behilflich sein?" fragt sie und zupft am Kabinenvorhang. „Vielen Dank", sage ich und ziehe ihn ganz zu. „Ich suche etwas Passendes für die Azoren." Damit habe ich sie überfordert, und sie läßt von mir ab. Wenn nur Rawuzl sich jetzt nicht wie ein Kater benimmt!

Nein, er kuschelt sich in den grauen Pullover, den ich auf den Boden fallen ließ, und schläft ein. Ich probiere eine Ewigkeit Blusen. Dann ziehe ich den grauen Pullover wieder an und schiebe Rawuzl darunter. „Tut mir so leid", sage ich. „Alle sind entweder zu eng oder zu weit." Die Verkäuferin schaut mir argwöhnisch nach, aber da bin ich schon draußen.

Vor dem Hotel Royal springt mir Rawuzl vom Bauch und versteckt sich unter einem auf Kundschaft wartenden Taxi. Die Tür ist halb offen, und der Fahrer hört sich gerade die Mittagsnachrichten im Radio an. Während ich auf allen vieren um das Taxi herumkrieche, höre ich, daß ein Mordanschlag auf Papa verübt wurde. Mein Herz steht zuerst still und beginnt dann zu rasen. Lieber Papa! Daß Fanny Fabricius polizeilich gesucht wird, rauscht zunächst an meinen Ohren vorbei. Automatisch ziehe ich Rawuzl unter dem Auto hervor und presse ihn an meine Brust. Und erst allmählich wird mir klar, daß ich es jetzt bin, die man sucht.

Ich weiß nicht, ob ich zu Mischa gehen kann. Was für eine Rolle spielt er in diesem Spiel? Einem Spiel das ich nicht verstehe, noch immer nicht. Lebt Papa?

Wieder höre ich das Rauschen der Donau, und über kahlen Bäumen den Vogelschrei. Aber ich höre noch andere Stimmen ...

Wie von selbst setzt das Puzzle in meinem Kopf sich zusammen, ein häßliches Bild, über dem der widerliche Duft künstlicher Maiglöckchen hängt. Ich werde zum zweiten Mal in Fanny verwandelt, betäubt und in der Au ausgesetzt, wo die wirkliche Fanny Papa in die Donau stößt.

Rawuzl beißt mich in den Finger. Der kleine Liebesbiß der Katzen, und ich bin wieder in der Gegenwart, auf dem Weg in die Bräunerstraße. Als ich gerade in sie einbiegen will, sehe ich Mischa und Fanny auf einer Bank unter der Pestsäule sitzen. Mischa starrt mich an, als begegnete er soeben der Ahnfrau. Fanny redet und redet und bemerkt nichts.

Ich verdrücke mich ins nächste Haus, und das ist zufällig die Buchhandlung Frick. Im Keller bin ich gut aufgehoben, da kann ich stundenlang in Kriminalromanen herumblättern, und kein Mensch schaut mich an. Aber leider, ich habe Rawuzl vergessen. Bald ist er der unbestrittene Mittelpunkt. Literaturfreunde und Krimi-Fans verlieren jedes Interesse an Büchern. Sie wollen bloß den Kater streicheln und wissen, wie er heißt.

Eine absurde Vorsicht! Aber ich sage tatsächlich, er wäre eine Katze namens Mitzi. Unter allgemeinem Wohlwollen schleiche ich auf die Straße zurück und hinter der Bank, auf der Mischa und Fanny immer noch sitzen, davon.

Ich kann überall und nirgends hingehen. Aber ich gehe in die Johannesgasse, Schutz suchend bei einer zerbrechlichen alten Frau.

Als ich zur Tür hereinkomme, scheint das Zimmer zunächst leer zu sein. Nur in der Ecke wimmert etwas. Rawuzl springt von meinem Arm, und ich folge ihm. Auf dem Bett mit der weißen Brokatdecke liegt Großmama Gladys wie ein Embryo zusammengerollt. Bevor ich etwas sagen kann, ist der Kater bei ihr. Er beugt sich über ihren Kopf mit dem grauen Haargespinst und putzt eifrig die Tränen aus ihren Augen.

Es dauert eine ganze Weile, ehe sie sich aufrichtet, mich anschaut und fragt: „Welche bist du?“ Ich sage es ihr, und sie deutet mit dem Kinn auf den Radioapparat. „Weißt du es schon?“ Ich nicke. „Kann ich bei Ihnen bleiben“, frage ich, „bis ...“ Sie versteht, auch ohne daß ich es ausspreche. „In der Küche ist Milch“, sagt sie, „und etwas Schinken. Oder bist du auch hungrig?“ „Nein“, sage ich und füttere den Kater.

*

Die Krankheit blendete Großmama Gladys – wie sagte Papa noch? – wie einen Scheinwerfer aus. So war sie nicht ansprechbar, als die Kriminalpolizei zu ihr kam.

Ich hatte so etwas Ähnliches schon erwartet und für diesen Fall mein Haar straff zurückgekämmt. Kittel und Häubchen einer Krankenschwester, beide schneeweiß, stahl ich fürsorglich aus der im Keller befindlichen hauseigenen Wäscherei. Daß der Kittel mir um drei Nummern zu groß war, verlieh mir die nötige reizlose Würde.

Als die Kriminalbeamten eintraten, kanzelte ich sie zunächst gehörig ab. Der Zustand meiner Patientin vertrüge nicht die kleinste Aufregung, und ich ginge jetzt und holte den Doktor.

Ich ging wirklich, und Rawuzl nahm ich mit. Denn ich hatte ja noch immer den Schlüssel zur Nikolaigasse, die man gewiß längst nach mir abgesucht hatte.

*

Auf Papas Schreibtisch liegt feiner Staub und sonst nichts. Rawuzl sitzt begeistert auf seinem Stammplatz, der Gipsbüste Richard Wagners. Ich aber ziehe beklommen meinen schwarzen Pullover und eine schwarze Samthose an. Und zugleich hoffe ich inbrünstig, daß Papa plötzlich zur Tür hereinkommt, mit einem Schnupfen vielleicht, aber sonst heil und ganz. Denn ich weiß, er kann schwimmen. Nur, wo steckt er so lang? Oder versteckt er sich gar?

*

Als Fanny dann kam, geriet ich beinahe in Panik. In der Hoffnung, sie hätte schon zu Abend gegessen, verdrückte ich mich in die Speisekammer. Mit Rawuzl natürlich, dem es hier noch besser als auf Richard Wagner gefiel. Ich dachte an Papa und unsere heimlichen Gespräche. Als Detektive haben wir, fürchte ich, kläglich versagt.

Dann klingelte es. Ich hielt den Atem an und erwartete die Kriminalpolizei. Und obwohl nichts dergleichen geschah, beschloß ich, mich aus dem Staub zu machen, und zwar schnell. Da fiel die Tür zu. War jemand gegangen, gekommen? Ich wartete stundenlang. Als ich es nicht mehr aushielt, Rawuzl übrigens auch nicht, nahm ich ihn wieder auf den Arm und tappte auf Zehenspitzen durch die Wohnung. Die Tür zu meinem Schlafzimmer stand einen Spaltbreit offen. Da ich mein Bett für gewöhnlich mit Rawuzl teile, eilte er mir, wie er glaubte, gewaltsam und freudig voraus. Gleich darauf hörte ich einen Schrei.

Ich kann Rawuzl nicht bei einer Mörderin lassen, unmöglich. Daran, daß er vielleicht weniger gefährdet als ich war, dachte ich in diesem Moment nicht. Ich schlüpfte ins Zimmer.

Verrückt, wir haben das gleiche an. Wieso kann ich an nichts anderes denken? Wie eine dieser Gesellschaftsziegen, wenn eine andere Ziege im selben Abendkleid aufkreuzt. Ich sollte wirklich andere Sorgen haben, in der Situation. Da stehe ich mit Rawuzl, der in Panik auf mich sprang, und sehe mich doppelt im Spiegel. Wieso bildete ich mir ein, wir schauen uns ähnlich? Ohne Make-up gleichen wir einander wie ein Ei dem andern. Im Augenblick deprimiert mich das sehr.

Die falsche Zeit für Depressionen! Denn schon stürzt Fanny mit dem sarazenischen Papiermesser auf mich los, Rawuzl flüchtet unter den Schrank, und wir balgen uns, als wären wir immer noch

Kinder. Als ich sie am Hals zu fassen kriege, spielt sie mir einen perfekten Erstickungstod vor. Halt eine Schauspielerin, und ohne Engagement. Ich lasse sie angewidert los und ziehe Rawuzl unter dem Schrank hervor. Vor lauter Angst kratzt er mich, daß das Blut nur so spritzt. Da er ein gerechter Kater ist, kratzt er auch Fanny.

Irgendwie bin ich dann doch mit ihm diesem ganzen Horror entwischt. Und tue, was ich längst hätte tun sollen. Ich gehe auf das nächste Polizeikommissariat und erzähle einem verschlafenen Polizisten mit Rehaugen, was ich weiß. Diese ganze, haarsträubende Geschichte.

Eine halbe Stunde später muß ich sie noch einmal erzählen, und sie kommt mir weder besser noch wahrscheinlicher vor. Aber ein gewisser Oberrat Duda, den mein Rehäugiger eilig aus dem Bett geholt hat, lauscht gebannt, als wäre ich Scheherezade persönlich. „Als Krankenschwester waren Sie auch nicht glaubwürdiger", sagt er. Aber seine grauen Augen lächeln mich an. Er ist noch ziemlich jung, dick und überhaupt nicht der Typ eines Jägers. Als Rawuzl ein Lackerl zu seinen Füßen macht, krault er ihn, statt zu schimpfen, und der Rehäugige putzt es anstandslos weg.

Die letzten Nachrichten habe ich gestern nachmittag in Großmama Gladys rotem Radio gehört. Ich schlucke, bevor ich den Oberrat frage, ob er etwas Neues von Papa weiß? Er schüttelt den Kopf, und ich atme auf. Erst, wenn man seine Leiche findet, ist er ganz bestimmt tot.

„Wenn Sie mich einsperren", frage ich, „kann ich dann den Kater in die Zelle mitnehmen?" „Ich sperre Sie nicht ein“, sagt er ganz freundlich. „Noch nicht.“

„Es wäre mir aber direkt lieber“, sage ich. „Warum ich es überhaupt vermeiden wollte, versteh ich nicht mehr.“ „Sie hatten“, sagt er und lächelt diesmal auch mit dem Mund, „wohl wenig Vertrauen zur Kriminalpolizei?“

Ich werde mich hüten, ihm zu verraten, daß Papa auf die Polizei pfiff. Womöglich suchen sie ihn dann nur mehr schlampig. Und ich möchte doch, daß sie ihn finden! Lebendig finden ... „Gar kein Vertrauen“, sage ich reuevoll. „Aber das hat sich geändert!“

„Was werden Sie jetzt tun?“ fragt er. Ich blicke kurz aus dem Fenster. Die Straßenlaternen leuchten, aber der Himmel ist dunkel und die Fenster in den umliegenden Häusern auch. „Ich weiß es nicht“, sage ich, und das ist die Wahrheit.

Der Oberrat tut etwas Nettes. Er läßt mich in der Obhut des Rehäugigen, der mich am Morgen persönlich bei Großmama Gladys abliefern soll. „Wir sehen uns bald wieder“, sagt er. „Aber kein Wort über unser Gespräch!“ Ich murmle „Ehrensache“ oder einen ähnlichen Blödsinn, und ein paar Minuten später schon schlafe ich, den schnurrenden Rawuzl als Boa um den Hals, auf zwei Stühlen ein.

*

Sie ist wieder eingeblendet, die Großmama, und stippt gerade ein Butterkipferl in ihren Kaffee. „Willst auch ein Häferl?“ Wir frühstücken praktisch zu dritt, und Großmama scheucht den

Kater, was ich ihr hoch anrechne, nicht vom Tisch.

„Erinnerst du dich an gestern?“ frage ich vorsichtig. Ihre schönen Schwarzkirsch-Augen schauen durch die Wand und noch viel weiter. Kein Wunder, daß sie dabei ein bißchen Farbe verlieren. „Ich weiß nicht“, sagt sie leise, „ob ich mich erinnern will.“

Aber sie tut es, denn ihre Mundwinkel zittern. „Räum das Frühstücksgeschirr weg“, sagt sie, „und dann schau im Wäscheschrank zwischen den Nachthemden nach.“

Bei einer alten Dame vermutet man solche Nachthemden nicht. Aber sie stammen noch von früher. Zwischen einem nilgrün Seidenen mit Brüsseler Spitze und einem in Bordeauxrot fühle ich etwas Hartes. Ein Revolver, denke ich erschrocken. Aber es ist nur eine Cognacflasche. Französisch. Großmama klatscht in die Hände. „Vergiß nicht die Gläser!“

Das ist vielleicht eine Überraschung. Ich lasse sie mir aber nicht anmerken und gieße uns beiden ein. Nicht zu wenig, wenn die Flasche schon da ist.

Mit einer geübten Bewegung hebt Großmama Gladys das Glas. „Trink, denn ich habe dir etwas zu sagen!“

Auch wenn sie mir nichts zu sagen hätte, würde ich trinken. Wie glühende Lava rinnt der Cognac mir durch die Kehle. Ich habe einiges hinunterzuspülen, und das tue ich auch.

„Flo“, sagt die Großmama und setzt ihr Glas ab. „Du bist doch Flo, oder?“ Allmählich habe ich die ewige Vertauscherei satt. „Schön“, sage ich verdrossen. „Wir schauen uns zum Verwechseln ähnlich. Trotzdem sind wir grundverschieden!" „Grundverschieden nicht", sagt die Großmama und nimmt meine Hand. „Ihr seid nämlich Schwestern." Komisch, ihre Hand fühlte sich zuerst kalt an und jetzt heiß. Oder weicht mir das Blut aus den Adern? „Zwillingsschwestern", sagt die Großmama. Ihre Stimme klingt, als käme sie vom Mond. Aber vielleicht sollte man Cognac am Morgen nur schluckweise trinken. „Sie meinen, Papa ist gar nicht mein Vater?" „Das schon", sagt sie und lächelt träumerisch. „Nur die Mutter ..." „Das", sage ich erleichtert, „macht überhaupt nichts. Ich konnte sie nicht leiden. Nie!" „Aber du kennst sie ja gar nicht!" „Das spielt keine Rolle. Wenn sie so blöd war, Papa zu verlassen ..." „Aber sie hat ihn", sagt die Großmama, „nicht verlassen. Sie liebt ihn noch immer."

Augenblick! Ich rekapituliere die alte Geschichte. Fannys und Mischas Eltern kamen bei einem Flugzeugabsturz ums Leben, als die beiden noch klein waren, praktisch Babys. Großmama Gladys zog sie groß. Ihr eigener Mann war am Tag nach der Hochzeit mit der Trauzeugin auf und davon ...

Ich muß laut rekapituliert haben, denn Großmama seufzt. „Der Ärmste!" sagt sie. „Ich habe ihn wohl bitter enttäuscht." Sehr großmütig, finde ich, wie sie das nimmt. Jede andere hätte, selbst nach so vielen Jahren, gezetert. „Haben Sie je wieder von ihm gehört?" „Zu Weihnachten eine Karte", sagt sie. „Aus Australien, jedes Jahr."

Dann bekommt sie ja bald wieder Post. Aber ich verstehe trotzdem nicht ganz, vielmehr, ich verstehe rein gar nichts. „Haben Papa und Ihre Tochter ...?" „O nein", sagt sie. „Meine Tochter war ihrem Mann ergeben und treu. Eine sehr glückliche Ehe, wenn auch nur kurz. Ihre Kinder müßten heute etwa so alt sein wie ihr."

„Wieso", frage ich, „sind sie auch tot?" „Sie waren", sagt die Großmama, „bei ihren Eltern im Flugzeug."

„Das tut mir leid", kondoliere ich mit Verspätung. „Wie hießen sie denn?" „O", sagt die Großmama, „sie hatten sehr hübsche Namen. Michael, Stefanie, Floralind."

*

Großmama sagte dann nichts mehr bis zu dem Augenblick, als Fanny hereinkam und zu schreien begann. Der Oberrat muß hinter irgendeiner Tür gelauert haben, denn er war sofort da.

Mit Ausnahme der vertauschten Namen spielte der Rest sich so ab, wie ihn Fanny beschrieb. Bei meiner Entlassung heute gab man mir das Manuskript, von dem sie einen Teil schrieb und einen Teil ich.

Ich habe es in der Nikolaigasse gelesen, an Papas Schreibtisch. Rawuzl saß auf meiner Schulter und rieb sein Köpfchen an meiner Schläfe, so war es ein bißchen weniger schlimm. Er tat es auch noch, als ich selbst weiterschrieb.

Aber ist es nicht merkwürdig? Fanny und ich erfuhren zur gleichen Zeit, wenn auch nicht unter denselben Umständen, daß wir Schwestern sind. Zwillingsschwestern, und Mischa ist unser Bruder. Müßte ich da nicht etwas empfinden? Trauer,

Zorn, irgend etwas. Ich empfinde nichts. Mein Herz ist wie betäubt, und das ist vielleicht gut so. Ich habe Angst vor dem Augenblick, in dem die Betäubung nachlassen wird.

Michael, Stephanie, Floralind. Die Namen erklangen wie drei Hammerschläge in meinem Kopf. Dabei ist Großmamas Stimme leise wie das Rascheln von Seidenpapier.

Sie sagte nichts mehr. Aber sie redete weiter. Ein Labyrinth aus Worten, in dem ihr Geist umherirrte und keinen Ausweg mehr fand. Die Tochter, die im Flugzeug verbrannte, muß Floralind geheißen haben, wie ich. Denn sie sprach zu mir wie zu einer Toten.

Am unverständlichsten war, daß sie mich mehrmals um Verzeihung bat. Um Verzeihung wofür? Meine Fragen erreichten sie nicht mehr, sie war zu einer Insel geworden, einer kleinen gläsernen Insel.

Eigentlich wollte ich sie sogleich nach meiner Entlassung besuchen. Die Polizei hat noch immer keine Spur von Papa. Aber er nannte sie Gladys, und sie haben sich vor meinen Augen geküßt. Vielleicht weiß sie, wo ich ihn suchen soll? Obwohl meine Hoffnung, ihn zu finden, nur mehr ein Blatt im Wind ist. Ein verwelktes Blatt.

Außerdem habe ich Angst vor diesem Besuch. Warum, weiß ich selbst nicht. Ich scheine meinen Mut überhaupt kiloweise verloren zu haben. Womöglich kriege ich auch noch Mitleid mit mir, aber dann speie ich!

Ich hänge mir den blauen Loden um und ziehe los.

*

Statt in die Johannesgasse, spazieren meine Beine ganz von allein zu Tonis Hutsalon. Die Hüte sind alle verschwunden. Ich starre in die Auslage, sie ist leer und verstaubt. Auf dem grauen Rollbalken über der Tür klebt ein schmutzig gewordener Zettel: *LOKAL ZU VERKAUFEN.*

Auskünfte erteilt die Hausverwaltung, aber ich schreibe mir die Telefonnummer nicht auf. Statt dessen versuche ich, die Türklinke des chinesischen Restaurants nebenan herunterzudrücken. Sie gibt nicht nach. Es ist ja auch noch nicht sechs.

Die Kolingasse ist ganz in der Nähe. Ich habe dem Oberrat alles, was ich über Peter Leclerc weiß, erzählt. Er allerdings schwieg sich darüber aus, was er mit meinen Informationen anfing oder nicht. Aber mit einem Untersuchungshäftling plaudert man darüber wohl nicht.

An seiner Tür klebt kein Zettel, der die Wohnung zum Verkauf anbietet. Allerdings öffnet er auch nicht auf mein Klingeln. Ich statte der Hausbesorgerin einen kleinen Besuch ab. Eine von den ungemütlichen Fetten, und ihre schwarzen Augen stechen mich an. Der Dozent? Seit sechs Wochen verreist, Hals über Kopf, ohne Angabe einer Adresse. Kaum war er fort, kam schon die Kriminalpolizei. Ich will den Rückzug antreten, aber das läßt sie nicht zu. Sie fratschelt mich nach allen Regeln der Kunst aus. Wer ich bin, was ich von ihm will und ob ich irgend etwas weiß.

Ich gebe mich als eine seiner Studentinnen aus

und schwadroniere etwas über eine Seminararbeit. Das interessiert sie nicht, und schon wälzt sie sich zurück und will die Tür hinter sich zuziehen. Da habe ich eine Idee. „Ein Kollege von mir . . .“, und ich beschreibe Mischa. „Er hat Schwierigkeiten mit einer Prüfung. War er schon hier?“

Eine Erinnerung steigt in ihrem teigigen Gesicht auf wie eine Blase, und jetzt mustert sie mich genau. „Er ist ein paarmal gekommen“, sagt sie. „Aber da war der Dozent noch da, und Sie waren bei ihm.“ Ich weiß nicht, warum sie mich an der Schulter packt. Es ist sicher nur Neugier. Aber ich reiße mich los und renne wie eine Olympialäuferin. Sie ruft mir etwas nach, das ich nicht verstehe.

Ich renne nicht bis zur Wiesinger Straße, am Schottentor bleibe ich stehen und hole ein paar Minuten lang Luft. Sie ist nicht sehr gut, denn rudelweise jagen Autos über den Ring. Ich nehme die Straßenbahn bis zur Urania, und dann biege ich in die tote Straße ein. Sie ist in der Zwischenzeit nicht lebendig geworden.

Ich erwarte nicht, Toni anzutreffen. Ich klingle gewissermaßen nur der Vollständigkeit halber. Und habe Glück! Denn die Nachbartüre geht auf, und der Zeller-Zellenberg kommt heraus.

Er sieht aus wie der Kaiser Franz Joseph, obwohl ich den natürlich nicht kannte. Angeblich ist er sein Sohn. „Sie suchen die Toni?“ fragt er und hebt die buschigen grauen Augenbrauen. „Die ist fort!“ „Oje“, sage ich, weil mir nichts Gescheiteres einfällt. Aber der Zeller-Zellenberg macht die Tür zu seinem Atelier weit auf. „Ich habe gerade Wasser für den Tee aufgestellt“, sagt er, und das genügt. Dankbar trete ich ein.

Zu jeder anderen Zeit hätte dieses Atelier mich entzückt, denn es ist ein Museum und auch seine Parodie. Sentimental und ironisch zugleich. Zwischen Lorbeerkränzen, Fahnen und Engeln kämpfe ich mit den Tränen. „Wir können das Teewasser abstellen", sagt der Zeller-Zellenberg. „Ich habe auch Wein."

Dann sitzen wir an einem großen Tisch. Er schiebt ein paar Dutzend Bücher beiseite und öffnet die Flasche. Rechts hinter mir steht eine Gipsbüste des Kaisers, und ich stelle mir Rawuzl auf dem Kopf seiner Majestät vor. Der Kater ist jetzt, denke ich, meine wahre Familie. Professor Zeller-Zellenberg prostet mir zu, und wir trinken. „Kennen Sie mich?" frage ich, und er sagt „Ja".

Er ist vielleicht Mitte Siebzig, aber der Kalender hat keine Macht über ihn. Seine blauen Augen wissen alles und sind immer noch neugierig. Unter der dichten grauen Bürste der Haare ein Gesicht, in dem nichts erstarrt ist. Der Kaiser ist viel zu lange ein alter Mann gewesen. Die Summe der gelebten Zeit, kann sie auch Jugend sein? Es scheint so.

Eine Erinnerung hinter rosa Nebeln, und sie läßt sich nicht fassen. Nebel? Nein, eine Wolke. Großmamas rosa Negligé, als Papa und ich sie besuchten. Der unsichtbare Dirigent in meinem Kopf hebt den Zauberstab, und ich höre wieder die Stimmen ... „Der Zeller-Zellenberg besucht mich manchmal." Dann Papa, und durch jedes Wort geht ein dünner Riß: „Er darf also kommen?" „Ich weiß, daß du mir nicht glaubst. Aber ich war nie in ihn verliebt. Es macht also nichts."

„Sie sind ein Freund von Gladys?" Drei Sekunden lang ist es still. „Ja", sagt der Zeller-Zellenberg. „Schon seit einem halben Jahrhundert."

Mein Herz setzt zum Sprung an wie ein Raubtier beim Anblick der Beute. Der Professor gießt unsere Gläser zum zweiten Mal voll. „Sie wissen nicht, wer Sie sind", sagt er. „Aber Sie möchten es wissen."

Das ist vielleicht, auf einen Satz gebracht, mein Problem. „Vor dem November", sage ich, „wußte ich es genau. Aber es stimmte wohl nicht."

Er zerdrückt den grünen Veltliner zwischen Zunge und Gaumen. „Glauben Sie wirklich, daß die genaue Kenntnis unserer Verwandtschaft Auskunft darüber gibt?" „Mir schon", sage ich und weiß im selben Moment, daß es nicht stimmt.

„Ihre Mutter war eine sehr schöne Frau", sagt Zeller-Zellenberg. „Sie ist es noch immer."

Nein, kein Raubtier mehr. Mein Herz setzt einen Schlag lang aus und tritt dann den Rückzug an. „Danke für den Wein", sage ich und stehe auf. „Es war überhaupt lieb von Ihnen . . ." Ich mache ein paar Schritte zurück und stoße mit einem Engel zusammen. Auch aus Gips, aber trotzdem wirkt er ein Wunder. Die Schuppen der Angst fallen mir von den Augen, und die ganze Welt ist plötzlich um eine Oktave heller geworden.

Jetzt erst bemerke ich die Bilder, die Zeichnungen auf den Staffeleien. Und obwohl keine Figur sich bewegt, tanzen sie alle. Tier und Insekt – in den Menschen, die Zeller-Zellenberg malt, sind sie als Einheit erkannt.

Eine Einheit wie Fanny und ich? Das zu denken, erschreckt mich nicht mehr. Die Grenzen der Person mögen willkürlicher gezogen sein, als wir annehmen. Und vielleicht sind sie veränderlich in jedem Moment unseres Lebens.

„Wilfried“, sagt Zeller-Zellenberg. „Ich heiße Wilfried, und was ich zu sagen habe, möchte ich nicht Ihnen sagen, sondern dir.“

Kann man sich lächelnd küssen? Ich glaube, wir tun es. Und meine Familie hat sich erweitert. „Hast du Katzen gern?“ frage ich und kenne die Antwort, bevor er sie gibt. Er hat alles Lebendige gern, und lebendig ist alles.

„Dein Papa und ich“, sagt er, „hätten Freunde sein können. Trotz der Jahre, die ich älter als er bin. Weißt du, ich hielt ihn immer für ein Genie.“

„Ihr wart also“, frage ich, „irgendwann Freunde?“ „Das war zu der Zeit, als er noch Theologe war.“ Wilfried schüttelt den Kopf. „Komisch, einen Unterschied zu machen zwischen Physik und Theologie.“ „Vielleicht sind alle Unterschiede komisch“, sage ich, und er schaut mich erstaunt an. „Jetzt“, sagt er, „wäre Gladys sehr stolz auf dich!“

Das kleine Erdbeben in meinem Kopf stört mich nicht wirklich. „Gladys“, frage ich. „Warum Gladys?“ „Weil“, sagt Wilfried, „sie deine Mutter ist.“

Ich bin nicht bestürzt. Ich glaube, ich habe es immer gewußt. Obwohl Wissen vielleicht nur die Menge Information ist, die man zuläßt. Und außerhalb unseres Kopfes staut sich die Schlange. „Aber du“, frage ich, „bist nicht mein Vater. Oder bist du es doch?“

„Ich wäre es gern“, sagt er und tätschelt meinen Kopf. „Aber Gladys hat halt den Karl Lerner geliebt. Mir hat sie nur erlaubt, ihr Freund und

Vertrauter zu sein. Einen solchen hat sie, als der Mann sie Hals über Kopf verließ, schon gebraucht."

„Was war das für ein Mensch?" frage ich. „Geht am Tag nach der Hochzeit mit der eigenen Trauzeugin auf und davon!" „So?" Wilfried lächelt. „Das hat man dir also erzählt?" „Aber ja", sage ich. „Schon als Kind!" „Es stimmt nicht", sagt er. „Nicht mit der Trauzeugin! Gladys Mann brannte mit dem Trauzeugen durch."

Zuerst bin ich perplex, und dann lachen wir beide. „Hat er das nicht vorher gewußt?" „Er schon", sagt der Wilfried. „Aber sie nicht. Und vielleicht war er ja wirklich guten Willens. Sie war, weißt du, eine Erbin."

„Großmama Gladys? Ich meine Mama ..." „Ja", sagt er. „Eine Bierbrauerei, und er fing als Lehrling dort an. Sie waren noch halbe Kinder, da wurden sie Freunde und verwechselten das mit Verliebtheit. Er hielt wohl auch die Einheirat für eine gute Idee. Vergiß ihn!" „Hat", frage ich, „Mama ihn vergessen?" „Nicht ganz", sagt er, „denn sie sind irgendwie Freunde geblieben. Und er ist schließlich Floralinds Vater."

„Die Tochter, die mit dem Flugzeug abgestürzt ist", frage ich. „Hieß die so?" „Ja", sagt er. „Eine traurige Geschichte. Der Mann leitete schon die Brauerei, und diesmal war die Einheirat glücklich. Sie hatten Kinder ..." „Ich weiß", unterbreche ich ihn. „Michael, Stephanie, Floralind." „Nur zwei!" Bedeutungsvoll schaut er mich an. „Michael und Stephanie."

„Wieso?" In meinem Kopf dreht sich alles im Kreis. „Sie sind also nicht meine Geschwister?"

„Mir scheint", sagt Wilfried Zeller-Zellenberg, „du verstehst überhaupt nichts." Da kann ich nur nicken. Es ist wie ein Puzzle, das sich fortwährend verändert. Kaum habe ich es zusammengekriegt, stimmt es schon nicht mehr.

„Möchtest du Salzmandeln?" fragt der Wilfried und fängt an, unter einem Stoß von Skizzenblättern zu graben. Keine Salzmandeln! Ich möchte jetzt endlich die Wahrheit wissen, die ganze, und das sage ich ihm.

„So, die ganze." Forschend ruhen seine blauen Augen auf mir. „Entweder bist du im Bild drin, oder du kannst es betrachten. Als Ganzes. So lang wir selbst Teile des Bildes sind, du und ich auch ..."

„Also gut." Er hat recht, und ich werde darüber nachdenken. Später! „Wenigstens den Ausschnitt, den du überschaust, zeig mir. Und ich nehme zur Kenntnis, daß es viele Perspektiven und Beleuchtungen gibt."

„Du lernst schnell", sagt er und schenkt uns zum dritten Mal ein. „Trinken wir auf die Vergebung!" Wir tun es, obwohl der Trinkspruch mir sonderbar vorkommt. Der Zeller-Zellenberg lehnt sich in seinen Armstuhl zurück, schließt halb die Augen, und die Geschichte breitet ihre schwarzen Flügel über mir aus.

Warum Papa sich ausgerechnet mit Toni verlobte, weiß niemand – und vermutlich nicht einmal er selbst. „Die Hormone", sagt Wilfried, „sind manchmal Spitzbuben." Freud hat es weniger nachsichtig, dafür nicht halb so hübsch formuliert. Jedenfalls, als Papa gerade die Eheringe kaufte, stand beim Juwelier neben ihm eine Dame.

Sie war, sagte er später, wie eine Orchidee im Bierglas. Wie treffend der Vergleich war, konnte er damals nicht ahnen. Es war keine junge Orchidee, aber Reife mit dieser pikanten Zartheit gepaart machte sie für ihn unwiderstehlich.

„Kaufte Mama auch einen Ehering?" fragte ich. „Nein", sagt Wilfried. „Sie hätte höchstens Silberne Hochzeit mit sich selbst feiern können. Da sie mir dreimal jährlich einen Korb gab ..." Er schmunzelt. „Mit der Zeit gewöhnten wir uns daran. Sie sich an die Anträge und ich mich an die Körbe. Anschließend führte ich sie jedesmal aus, es gab damals noch diese Heurigen mit nicht viel mehr als einem Nußbaum. Wir schauten zu, wie der Mond zu- oder abnahm, und ob du mir glaubst oder nicht, wir waren glücklich dabei."

„Und beim Juwelier?" „Beim Juwelier", sagt er, „versilberte sie den Familienschmuck. Die Brauerei ging nicht mehr gut, und was sollte eine Dame wie sie schon von Bier verstehen? Eine Dame, wie aus Brüsseler Spitzen gemacht!"

„Hast du ihr Nachthemden geschenkt?" frage ich in Erinnerung an den gewissen Schrank. Der Wilfried schaut mich geradezu ehrfürchtig an. „Daß du so etwas errätst", sagt er. „Natürlich, bei jedem Antrag. Für Brillanten reichte es bei mir nicht, und die hätte sie auch nicht genommen."

„Und der Familienschmuck?" „Der Juwelier fing an zu feilschen", sagt er. „Und da hat dein Papa ihn gekauft. Den ganzen!" „Reichte es denn bei ihm?" „Das", sagt Wilfried, „kann ich mir wirklich nicht vorstellen. Er muß jetzt noch Schulden haben davon."

„Glaubst du", frage ich, „daß Papa deshalb mit

Wasser experimentierte?" „Woher denn", sagt Wilfried. „Er experimentierte, um das Wasser fürs Bierbrauen zu verbessern. Und dabei stieß er auf seine Goldader."

„Ich kenne ihn mein Leben lang", sage ich. „Papa ist nicht an Geld interessiert. Nicht wirklich!"

„Ich weiß", sagt Wilfried. „Mit dem Wasser hat er sich nur Gladys zuliebe beschäftigt. Ihre Brauerei stand vor dem Ruin. Aber die Entdeckung, die er dabei machte, war kein Bierschaum. Dein Papa ist ein Columbus, und was dieser neue Kontinent für die Wissenschaft bedeutet, können wir noch gar nicht ermessen."

„Also ist dieses flüssige Amerika", frage ich, „an allem schuld?"

„Ich weiß nicht", sagt Wilfried. „Jedenfalls hat Karl einen Assistenten gehabt." „Meinst du Peter Leclerc?" „Heißt er so?" Nachdenklich wiegt Wilfried seinen grauen Kopf hin und her. „Man kann der Frau keinen Vorwurf daraus machen. Dein Papa verliebt sich beim Kauf der Eheringe in eine andere. Aber weil er ein Gentleman ist oder was er dafür hält, heiratet er Toni. Nur, er rührt sie nicht an. Sie muß verrückt nach ihm gewesen sein, sonst würde sie ihn jetzt nicht so hassen."

„Tut sie das?" „Wir sind Nachbarn", sagt Zeller-Zellenberg. „Und ich bin nicht blind. Taub auch nicht."

„Irgendwie komisch", sage ich. „Eine hassende Hutmacherin." „Etwas mußte sie schließlich tun. Und ihre Hüte sind hübsch." Jetzt verteidigt er sie auch noch! „Das Geld für den Laden bekam sie natürlich von deinem Papa. Als Entschuldigung, wenn du willst. Nur, sie genügte ihr nicht. Dieser Assistent, der vorher ins Haus kam, war ungefähr so alt wie sie. Sie waren also beide sehr jung. Kann schon sein, daß er außerdem ehrgeizig war."

„Haben sie Amerika gestohlen?" „So einfach", sagt Wilfried, „ist das nicht. Dein Papa ist ein Genie und, wie alle Genies, neugierig. So war der Kontinent bis zuletzt in Bewegung." „Wie eine vulkanische Insel?" „So etwas Ähnliches, ja. Die beiden mußten sich laufend neue Proben der Lava beschaffen." Mischa! Warum muß ich gerade jetzt an ihn denken? Ich beschreibe ihn Wilfried und frage, ob er ihn kennt. „Aber ja", sagt er. „Oft und oft war er hier. Und gleich danach kam jedesmal dieser Assistent, der Peter, zur Toni."

Auf einmal will ich es nicht mehr wissen. „Papa ist wegen der Bierbrauerei Physiker geworden?" frage ich. „Nein", sagt Wilfried. „Wegen Gladys! Daß sie ausgerechnet Drillinge bekam ..." Er schüttelt den Kopf und lacht in sich hinein. „Wäre er bei der vergleichenden Religionswissenschaft geblieben, hätte es nicht so viel gemacht. Aber irgendwie geriet er an die Moraltheologie, und dann war er außerdem noch Dekan. Das hätte einen schönen Wirbel gegeben."

Ihm und der Universität scheint der Wirbel erspart geblieben zu sein, aber nicht meinem Kopf. „Michael, Stephanie", sage ich. „Und was ist mit mir?" „Dich mußten sie adoptieren, Karl und Toni. Weiß Gott, wie er sie dazu gebracht hat. Ich vermute eine düstere Geschichte dahinter, denn bei diesem Thema wurde sie jedesmal stumm wie ein Fisch."

„Warum nur mich?" „Michael und Stephanie

sind mit dem Flugzeug verbrannt“, sagt er. „Und ein drittes Kind gab es noch nicht.“ „Gladys, ich meine, Mama hat . . .“ „No freilich“, sagt er. „So ein Problem! Und die Lösung fällt direkt vom Himmel.“

Ich schlucke ein paarmal, und ich rücke auch ein Stück von ihm weg. Er bemerkt es. „Da ist“, sagt er, „ein bißchen was von der Moraltheologie in deine Chromosomen gerutscht. Schließlich hat Gladys die Kinder nicht umgebracht. Sie hat nur verschwiegen, daß ihre Tochter sie im letzten Moment doch ins Flugzeug mitnahm.“

„Warum“, frage ich, „im letzten Moment?“ Wilfried gibt keine Antwort. „Ich möchte jetzt lieber allein sein“, sage ich und stehe auf. Der Zeller-Zellenberg begleitet mich nicht zur Tür. Bevor ich hinausgehe, drehe ich mich noch einmal um.

Er sitzt über den Tisch gebeugt da, ein alter Mann, der noch immer jung ist. Und keine Müdigkeit mildert die Trauer. Ich möchte seinen Rücken streicheln und tue es nicht.

*

Ich bin dann doch noch einmal zu Großmama Gladys gegangen, zu meiner Mutter. Aber der Arzt war bei ihr, und man ließ mich nicht hinein. Die Schwester, diesmal eine richtige, sagte, es ginge ihr gar nicht gut. „Sind Sie eine Verwandte von ihr?“ „Ja“, sagte ich. Und plötzlich, ohne Vorwarnung, mußte ich lachen. Äußert Verzweiflung sich auch bei anderen Menschen manchmal so paradox? Die Schwester jedenfalls war nicht erstaunt. „Setzen Sie sich auf den Gang“, sagte sie. „Wenn sie das Bewußtsein noch einmal erlangt, hole ich Sie.“

*

Jetzt sitze ich seit zwei Stunden oder noch länger da. Merkwürdig, wie viel Zeit man hat, wenn man nichts mehr erwartet. Mama, denke ich. Meine alte Mama. Und ich will sie gar nichts mehr fragen. Meine Neugier ist wie eine Kerze heruntergebrannt. Aber vielleicht wäre es gut, ihre Hand zu halten, wenn sie stirbt. Die Hand, eigentlich, einer Fremden.

Flüchtig denke ich an die Kinder, die auf ihrem ersten Flug in der Luft verbrannten, und an Fanny und Mischa, die in die Toten einzogen wie in leere Schneckengehäuse. Wohin wollten sie überhaupt fliegen und warum? Das werde ich schon noch herauskriegen. Meine Lebensgeister kehren, ich spüre es, langsam zurück. Und da ist auch noch Papa! Tot oder lebendig, aber ich finde ihn.

„Heißen Sie Floralind Lerner?“ Ich habe gar nicht gemerkt, daß die Schwester zurückkam. Sie ist freundlich und semmelblond. Nicht nur das Haar unter der verrutschten Schwesternhaube. Es gibt Kipferlmenschen, Semmelmenschen und solche, die wie grobes Körndelbrot sind. „So heiße ich, ja.“

„Aber Sie dürfen sie nicht aufregen!“ warnt mich die Schwester, während ich hinter ihr auf die verschlossene Tür zugehe. „Sie wird die Nacht nicht überleben.“ Wie dumm, denke ich. Dieser Pseudofrieden, in dem Menschen sterben müssen.

Warum kann man sie nicht etwas Wesentliches fragen, zuletzt? Und wäre es nicht besser, lebendig in den Tod zu gehen, statt beruhigt wie ein Kind und betäubt?

Gladys liegt wie eine verwelkte Blume in den Kissen. Schneerose, denke ich. Denn das Haar ist jetzt weiß, und sogar die dunklen Augen sind wie ausgebleicht. Sie schaut mich an, und ich weiß nicht, ob sie mich erkennt. Sie hat ein champagnerfarbenes Nachthemd an. Ich beuge mich über ihr noch immer mädchenhaftes Ohr: „Der Wilfried läßt dich grüßen", lüge ich, und dann, noch leiser: „Mama, liebe Mama ..."

„Und du wirst", flüstert sie zurück, „am jüngsten Tag nicht gegen mich aussagen, Floralind? Weil ich dich dazu brachte, die Kinder mitzunehmen, und dann ..." Sie hält mich für ihre Tochter, aber die erste. „Nein", sage ich und nehme ihre Hand, sie ist weich wie Seide. „Weißt du, wo Karl ist?" „Aber natürlich", sagt sie. Ihre Augen strahlen, und sie sind wieder wie schwarze Kirschen. Keine verwelkte Blume mehr, nein. Ein Lächeln liegt, wie Märzsonne, auf ihr. Und dann sind die Augen gebrochen, und Gladys ist tot.

*

Meine Wurzeln sind abgeschnitten. Ich komme mir wie ein Luftballon ohne Schnur vor. Und wie ein Luftballon ohne Himmel.

Eigentlich gehe ich nur, um Rawuzl zu füttern, nach Hause. Und noch bevor ich ihm seine Milch gebe, rufe ich Augustin Duda an. Warum gerade ihn? Ich weiß es nicht, und viele Möglichkeiten habe ich nicht mehr. Er ist noch im Amt und verspricht mir, in einer halben Stunde zu kommen.

*

„Ich möchte, daß Sie etwas herausfinden für mich.“ Wir sitzen auf dem schwarzen Diwan in Papas Arbeitszimmer und trinken Kaffee, obwohl wir nicht müde sind. Beide. Im Gegenteil!

„Vor ein- oder zweiundzwanzig Jahren muß das Ehepaar Fabricius ein Visum in ein Land jenseits des Wassers beantragt haben, und dann flogen sie auch dahin. Aber sie kamen nicht an, denn das Flugzeug geriet in Brand und ist über einem Meer abgestürzt. Es kann nicht allzuschwer sein ...“

„Nein“, sagt er. „Für die Polizei nicht. Was genau möchten Sie wissen?“

„Wohin sie geflogen sind, und warum.“ Augustin Duda nickt und streichelt Rawuzl, der auf seinen Knien liegt und an den Rockknöpfen knabbert. „Ich nehme an, Sie wissen schon, daß Mama ...“ Ich beiße mir auf die Zunge. Nein, ich werde ihr Geheimnis nicht verraten! Obwohl die Zeit es längst mit dem Schimmel der Lächerlichkeit überzog. „Die Mutter der Toten im Flugzeug, Fannys und Mischas Großmama ...“ „Ja?“ Oberrat Duda schaut mich aufmerksam an. „Sie ist vor einer Stunde gestorben.“

Er nimmt sich nicht mehr die Zeit, seinen Kaffee auszutrinken. Mit einer fast schon entschuldigenden Handbewegung streift er Rawuzl von seinem Schoß. Der Kater ist trotzdem beleidigt. „Nein“, sagt er und gibt mir flüchtig die Hand. „Ich wußte es nicht.“

*

Wahrscheinlich sollte ich noch einmal zum Zeller-Zellenberg gehen. Es ist besser, er erfährt es von mir. Auch Mischa und Fannny wissen nichts. Weniger als nichts, denke ich. Ob ich die Erlaubnis bekomme, sie zu besuchen?

Aber ich gehe nicht zum Zeller-Zellenberg, und ich bitte auch um keine Besuchserlaubnis bei meinen Geschwistern. Mit zweiundzwanzig Jahren einen Bruder und eine Schwester zu bekommen, ist allein schon sehr sonderbar. Wenn die beiden aber noch dazu in Untersuchungshaft sitzen und womöglich des Mordes angeklagt werden, einer oder alle zwei ...

Nein, ich will nicht darüber nachdenken. Ich sperre meinen Kopf einfach ab und werfe den Schlüssel aus dem Fenster.

So vergehen zwei oder drei Tage, und ich merke es kaum. Ich schlafe nicht, aber ich bin auch nicht wach. Es scheint einen Zustand irgendwo dazwischen zu geben, und er ist nicht einmal unangenehm. Wichtig ist nur, daß man sich nicht bewegt, überhaupt nicht. Jede Bewegung ruft mir mich selbst ins Gedächtnis zurück.

Es ist Rawuzl, der mich immer wieder aus der katatonischen Starre zurückholt. Das Nirgendwo verwandelt sich schmerzhaft in die Nikolaigasse, und das Nirgendwann in den Dezember. Ist Weihnachten schon vorbei? Ich weiß es nicht, und es ist mir auch gleichgültig. Aber die kleinen

Katzenpfötchen kratzen an meinem Hosenbein. In den goldgrünen Augen wechseln Staunen und blanker Vorwurf einander ab. Dazu öffnet er sein Mäulchen und macht es stumm wieder zu. Er möchte mir etwas sagen und kann noch nicht sprechen. Ich nehme ihn hoch, und er beißt mich ganz zart ins Ohr. Einträchtig gehen wir dann in die Speisekammer, aber nur der Kater frißt. Ich denke an Papa. In meinem Herzen hängt ein schwarzes Gewicht, und es wird immer schwerer.

*

Als es an der Tür klingelt, erschrecke ich wie vor einem Überfall. Ich öffne, es ist Augustin Duda. „Ihnen geht es aber gar nicht gut", sagt er und schaut mich besorgt an. Mir wird klar, daß ich mich eine ganze Weile nicht um meinen Körper gekümmert habe. Um meinen Geist auch nicht.

„Morgen um zwei", sagt er, „ist das Begräbnis. Zentralfriedhof, drittes Tor. Da Fanny und Mischa die einzigen Angehörigen sind, sollen sie hinter dem Sarg ihrer Großmutter gehen. Unter Bewachung, natürlich."

„Ich werde auch kommen", sage ich, und Duda nickt. „Das Flugzeug, nach dem Sie mich fragten, das Katastrophenflugzeug, es war nach Australien unterwegs. Ein Pit Fabricius und seine Frau Floralind haben Tickets Wien–Sidney gebucht. Und wieder zurück." Er schaut mich aufmerksam an. „Floralind", sagt er, „ist ein seltener Name."

„Das ist kein Trost, denn ich finde ihn scheußlich." Ich blicke ihm dabei fest in die Augen.

Wenn er zu spekulieren anfängt, soll er mich kennenlernen! Oder vielmehr nein, genau das soll er nicht. Eine unselige Liebesgeschichte, und sie hat mit dem Fall nichts zu tun.

Wirklich nicht? Ich habe diese beiden Worte nur stumm gedacht. Aber jetzt dröhnen sie mir in den Ohren. „Trinken wir auf die Vergebung!" Warum hat der Zeller-Zellenberg das gesagt?

„Also morgen dann!" Ich bin unhöflich, und ich weiß es. Aber ich will, ich muß jetzt allein sein. „Vielleicht", sagt er und dreht sich zur Tür um. „Bitte!" Meine Stimme ist so leise, daß ich nicht weiß, ob er mich hört. Jetzt ist er schon auf dem Gang. „Bitte kommen Sie!"

*

Das klassische Begräbniswetter ist Regen. Als ich auf dem Schwarzenbergplatz in den Einundsiebziger steige, wirbeln ein paar dünne weiße Flocken durch die Luft. Ich sehe keinen Grund für ein Taxi. Denn ich habe mehr Zeit, als ich ertrage. Wenn ich in meinem Zimmer sitze, steigt sie lautlos an wie eine Flut, in der ich langsam ertrinke.

Die Straßenbahn zerteilt sie in handliche kleine Portionen. Dankbar höre ich zu, wie die Stationen ausgerufen werden. Viel zu schnell sind wir am dritten Tor. Ich habe keine Trauerkleidung angezogen. Schwarz und Tränen, das wäre Verrat.

Als ich aussteige, fallen unaufhörlich dicke Schneeflocken vom Himmel. Dadurch sieht alles unwirklich aus, und vielleicht ist es das auch. Ich kaufe einen Kranz aus Tannenzweigen beim Blumenstand. Schleife brauche ich keine.

Ich gehe durch den Friedhof wie der einzige Mensch. Erst hinter den weißen Schleiern, die mich immer tiefer einhüllen, beginnt die gewöhnliche Welt.

Als ich in die Aufbahrungshalle eintrete, fühle ich mich plötzlich wie nackt. Und obwohl es noch früh ist, bin ich nicht die erste. Der Wilfried steht im schwarzen Mantel und überhaupt ganz in Schwarz vor dem kleinen Buchensarg und bewegt unaufhörlich die Lippen. Er redet mit Gladys, und bestimmt versteht sie jedes Wort.

Ich berühre seine Schulter, und er dreht sich um. Qual steht in seinen blauen Augen, aber die Stimme ist beherrscht und freundlich wie immer. „Das war eine kurze Zeit", sagt er, und ich verstehe sofort, was er meint.

Drei Stunden lang, höchstens, habe ich eine richtige Mutter gehabt. Und nur ein paar Minuten davon haben wir miteinander verbracht.

„Sie hat gelächelt", sage ich. „Es war ein leichter Tod. Ich war bei ihr und habe ihr Grüße von dir bestellt."

„Hast du das", fragt er, „wirklich getan?" Er schaut mich an mit dem Gesicht eines Kindes, mit einem Weihnachtsgesicht. Vielleicht umarmen wir uns nur, damit keiner die Tränen des anderen sieht.

Der Mann mit dem schwarzen Federbusch auf dem Kopf kommt und fragt, ob er den Sarg für uns aufmachen soll? „Sie ist jetzt", sagt Wilfried, „nicht mehr da drin."

Wir stehen mit dem Rücken zum Eingang.

Mein Körper sieht, so scheint es, auch ohne Augen. Denn zuerst fährt ein eiskalter Blitz durch ihn hindurch, und dann erstarrt er. Wilfried muß es bemerkt haben, denn er wirft einen Blick zurück. „Sie kommen“, flüstert er und nimmt meine Hand.

Wie dünn Mischa geworden ist! Das silberne Glitzern ist aus seinen Augen verschwunden, sie sind jetzt stumpf und grau. In seinem Gesicht spannt die weiße Haut sich nur mehr um Knochen. Zwei Kriminalbeamte flankieren ihn, links und rechts.

Ich versuche, ihm Botschaften mit meinen Augen zu senden. Botschaften der Liebe, wenn man dieses Gefühl aus Mitleid und Verzeihen so nennen kann. Aber er schaut an mir vorbei.

Fanny nicht. Blicke können wirklich töten, das habe ich einmal gelesen. Doch ist es nicht allein dieser Haß, der mich erschreckt. Sondern da ist noch etwas anderes in ihren Vergißmeinnichtaugen, das ich nicht deuten kann oder will. Jedenfalls stelle ich mit Erleichterung fest, daß auch sie scharf bewacht wird. In ihrem Fall sind es zwei Frauen, kräftig beide und mit barschen, abweisenden Mienen.

Als letzter folgt ihnen Dr. Duda. Ich freue mich, ihn zu sehen. Der Wilfried beschützt mein Herz, glaube ich. Und der Oberrat paßt auf, daß sonst nichts passiert. Ich fühle mich wieder ganz sicher, als wir uns nun alle setzen. In die erste Reihe, Wilfried, Duda und ich rechts und die anderen links. Mehr Trauernde sind nicht gekommen.

Ich kenne den Pfarrer nicht, der die Rede hält.

Und ich höre ihm auch nicht zu. Meine Gedanken rennen wie Ameisen, die ihren Haufen verloren haben, ziellos umher.

Dann wird der Sarg hochgehoben, und jemand schluchzt auf. War das nicht Michaels Stimme? Wir gehen alle den Sargträgern nach, ich als letzte.

Nur mein kleiner grüner Kranz liegt neben dem offenen Grab und ein Strauß roter Rosen. Die sind wohl vom Wilfried. Mit gesenktem Kopf steht er neben mir.

Gleich müssen wir alle auf dem schmalen Holzsteg über das Grab gehen, Fanny als erste. Der Totengräber, oder wer immer dieser schwarze Mann ist, reicht ihr eine Schaufel voll Erde. Sie nimmt sie und schleudert der ersten Bewacherin die Erde ins Gesicht. Der zweiten schlägt sie die Schaufel auf den Kopf, reißt ihr die Pistole aus der Tasche und feuert zwei Schüsse ab. Einen auf Mischa und einen auf sich selbst.

*

„Bist du sicher, daß du heute nacht allein hierbleiben willst?“ Wilfried fragt es schon zum dritten Mal. Er und Duda haben mich in die Nikolaigasse begleitet, nachdem wir vorher unsere Aussagen bei der Polizei machten.

Ich weiß nicht, ob meine Aussage vollständig war oder nicht. Denn ich stand schräg hinter Mischa, als Fanny schoß. Und sie schaute mich dabei an. Mischa hat dann eine plötzliche Bewegung gemacht. Ich glaube, er warf sich vor mich.

Aber das habe ich niemandem gesagt. Auch

nicht Duda und nicht einmal Wilfried. Es war vielleicht Mischas Abschiedsgeschenk, und das gehört mir ganz allein.

„Ja“, sage ich zu Wilfried. „Ganz sicher!“ Und, mit einem halben Lächeln: „Es ist ja niemand mehr da, der mir etwas tun kann.“ Noch während ich das sage, fällt mir Peter Leclerc ein und Toni. Aber die sind, hoffentlich, schon am anderen Ende der Welt.

Oberrat Duda geht als erster. „Wir sehen uns wohl wieder“, sagt er, und es klingt wie eine Entschuldigung. „Hoffentlich oft!“ Ich gebe ihm die Hand. „Ich sehe Sie auch ohne Leichen ganz gern.“ Seine grauen Augen schauen mich ein wenig fassungslos an. Weiß er nicht, daß Spaß ein Zaun sein kann, den man um die eigene Traurigkeit herum zieht?

„Jetzt hast du ihn verwirrt“, sagt Wilfried, als Duda gegangen ist. „Er ist doch nur ein Beamter!“

„Also da bin ich nicht so sicher.“ „Nein?“ Wieder dieser forschende Blick. „Nun ja, du kennst ihn schon besser. Frühstücken wir zusammen?“ „Fein!“ sage ich. „Neun Uhr bei mir oder dir?“ „Komm zu mir“, sagt er. „Da ist zwar auch alles voll mit Erinnerungen. Aber es sind wenigstens andere.“

Wie recht er hat, merke ich, als ich allein bin. Fast allein, denn zum Glück ist Rawuzl ja da. Ich kauere mich zu ihm auf den blauen Teppich und schmiege mein Gesicht in sein schwarzes Nackenfell. „Schatzerl“, flüstere ich. „Mein Schatzerl, ich weiß nicht mehr, was soll ich tun?“ „Mau!“ antwortet er und trabt mit erhobenem Schweif zur Speisekammer. Da weiß ich es wieder.

*

Gefrühstückt habe ich dann doch nicht mit Wilfried. Denn als ich schon die Treppe hinunterging, prallte ich mit einem fremden Herrn zusammen. Das ganze Stiegenhaus roch nach seinem Parfum. Höflich zog er seinen Bowler und gab mir, da er kleiner als ich war, den vollen Blick auf seine prachtvolle schwarze Lockenperücke frei.

Komisch, daß ich Perücken immer erkenne, sofort. Auch Schminke, und wenn man sie noch so diskret aufträgt.

Der geschminkte alte Herr fragt mich also, ob und wo hier ein Fräulein Lerner wohnt? Seine Stimme ist auffallend melodisch. Ein schöner Bariton, und er hat seinen Schmelz nicht verloren. Trotz der Tränensäcke unter den verwaschenen Augen und dem Truthahnhals.

„Sind Sie Sänger?“ frage ich, und ein bißchen graubraune Farbe kehrt in seine Augen zurück. „Merkt man es noch? Ich habe in Sidney an der Oper gesungen.“ „Aber vorher“, sage ich, „waren Sie Bierbrauer.“

Er prallt zurück, als hätte ihn eine Schlange gebissen. „Können Sie hellsehen?“ fragt er. Vor Aufregung schiebt er mit der Zunge sein Gebiß hin und her. „Klar“, sage ich. „Eine Kleinigkeit! Ich kann auch Regen machen und Geister beschwören. Aber meine wirkliche Spezialität ist das Verwandeln von Menschen in Frösche.“

Er lacht nicht einmal. „Ich bin“, sage ich, „Floralind Lerner. Und wenn Sie extra aus Sidney kommen, um mich zu besuchen, können Sie nur der Exmann von Mama sein. Sie müssen also keine Angst vor mir haben, ich bin keine Hexe."

Das scheint ihn sehr zu erleichtern. „Können wir", fragt er, „irgendwohin gehen und reden?" „Ja", sage ich. „Eine Treppe höher in meine Wohnung."

Rawuzl schnuppert, und dann zischt er meinen Gast an. Das mag daran liegen, daß er Herrenparfums nicht gewohnt ist. Ich rufe Wilfried an und sage, was los ist. „Orangensaft, frisch gepreßt. Kaffee mit Schlagobers, Gugelhupf." „Ein Jammer!" „Ja", stimmt er mir zu. „Und wie ist er?" „Erzähl ich dir später." „Zu mittag?" „Aber nur, wenn du den Gugelhupf aufhebst!"

Ich habe diesen Menschen nicht in Papas Zimmer geführt, das wäre mir pietätlos erschienen. Sondern in den Salon, den wir praktisch nicht benützen. Papa schätzte Gäste nicht, und mir war Kaukasisch-Nuß immer zuwider. Bestimmt hat Toni diese abscheulichen Möbel gekauft. Ob sie Peter Leclerc vor dem offenen Gaskamin verführt hat oder er sie? Jetzt sitzt der Australier auf der äußersten Kante der himbeerrot tapezierten Bank und friert.

Soll er! Ich zünde seinetwegen keinen Gaskamin an. Warum hat er Gladys verlassen? Sie hätten ein frustriertes altes Ehepaaar werden können, so wie alle anderen auch. Aber wenigstens gäbe es mich dann nicht und Fanny und Mischa. Diese ganze sinnlose, elende Tragödie gäbe es nicht! Natürlich würde Toni Papa weiterhin auf die Nerven gehen, aber das wäre nicht mein Problem. Denn ich hätte ja, logischerweise, überhaupt keines.

„Wie geht es dem Trauzeugen?" fahre ich meinen unglücklichen Gast an. „Ich hoffe, er hat die Pest!"

Er schaut mich entsetzt an. „Nein"„ sagt er dann leise. „Es war Leberkrebs. Mein Freund ist seit zehn Jahren tot."

„Tut mir leid" wäre das mindeste, was ich jetzt sagen müßte. Aber ich sage es nicht. Ohne diese unpassende Liebschaft wäre Papa niemals unter die Donaukarpfen geraten. Ich beiße mir fest auf die Lippen. Heulen vor dem da? Kommt nicht in Frage!

Er fingert an der Innentasche seiner Jacke herum. „Ich habe einen Brief für Sie", sagt er und reicht mir ein himmelblaues Kouvert. „Er ist vertraulich und Sie sollen ihn, nachdem Sie ihn gelesen haben, sogleich vernichten."

Ich nehme den Brief in die Hand. „An Flo!" Ich würde diese Buchstaben überall erkennen. Tanzende, irrlichternde Buchstaben, eingerollt wie kleine Schlangen. Papas Schrift.

„Wieso", fange ich an. „Ist er . . .?" Der Australier aus Wien schüttelt den Kopf. „Lesen Sie zuerst!" sagt er. „Wenn Sie wollen, komme ich in einer Stunde wieder."

„Ja, bitte." Wir stehen beide gleichzeitig auf. „Ich meine natürlich, nein. Bleiben Sie!" Mit steifen Beinen gehe ich aus dem Salon, in Papas Zimmer, Papas Brief in der Hand.

*

„Flo, mein Mädchen!

Heute ist Weihnachten, und ich bin traurig

ohne Dich. Wahrscheinlich hältst Du mich schon für tot. Auf eine gewisse Weise bin ich das auch.

Ja, wie erzähle ich Dir die ganze Geschichte? Aber in unserer Speisekammer wäre es vielleicht noch schwerer. So bin ich wenigstens ein paartausend Kilometer von Deinen klaren grünen Augen entfernt.

Oder weißt Du schon, meine mutige Detektivin, daß ich der Vater von Drillingen bin? Daß ich mich nicht zu Fanny und Mischa bekannte, und auch nicht zu Eurer Mama, hat Gründe, die mir vor zweiundzwanzig Jahren zwingend erschienen. Heute schäme ich mich, daß ich mich dem Diktat einer moralischen Mode unterwarf.

Jedenfalls habe ich damals meinen theologischen Lehrstuhl mit einem für Physik vertauscht. Studiert hatte ich ja beides, und noch etliches andere auch. Aber nun war eine sogenannte große Entdeckung geglückt, die Relativität des Wassers.

Es verändert nämlich unter Bedingungen, die wir beeinflussen können, seine Qualität. Linus Pauling, bei dem ich in Pasadena ein paar Semester lang Chemie hörte, steckte seine Nase als Erster ins Wasser. Er holte es praktisch vom Himmel herunter, achtzigtausend Meter hoch. Und da oben war es ganz anders! Je nach der Energie, die Wasser speichert und abgibt, verändert es seine Struktur. Mein lieber alter Professor. Ich wurde dreimal für den Nobelpreis vorgeschlagen. Aber er hat ihn dreimal bekommen! Die im Wasser gespeicherte Energie richtet alle irdischen Kristallgitterstrukturen der Materie auf bestimmte galaktische Zentren aus, also auf Sternensysteme im Weltraum.

Mich hat das so fasziniert, daß ich alles andere vergaß. Die Liebe ist vielleicht auch ein Wunder. Aber das Wunder des lebendigen Wassers war größer.

Später hatte ich einen Schüler, der meine Faszination teilte. Und ich teilte die Ergebnisse meiner Forschung mit ihm.

Meine Frau, die nicht Deine Mutter ist, stellte ihm nach. Möglich, daß sie verliebt in ihn war. Mich hat sie, und ich kann es ihr nicht einmal übel nehmen, gehaßt. Ich gebe zu, daß die Frau des Lehrers leicht eine Versuchung für den Schüler sein kann. Peter Leclerc jedenfalls erlag ihr, und Toni redete ihm ein, das Genie wäre er, und ich würde ihn bloß zum eigenen Ruhme benützen. So etwas glaubt man, wenn man jung ist, nur zu gern.

Ich erspare Dir die Umstände, unter denen ich mich von Toni – Du kennst sie ja jetzt – trennte. Von Peter Leclerc trennte ich mich nicht. Er war mein Sekretär, er wurde mein Assistent, und später sorgte ich für seine Dozentur.

Als ich ihn seinerzeit in Tonis Bett fand, war ich nicht wütend. Wütend wurde ich erst, als ich ihn beim Durchsuchen meines Schreibtisches ertappte. Von da an ging er nicht mehr in der Nikolaigasse aus und ein, wie bisher.

Also machte Toni sich an Mischa heran. Sie hat gewußt, daß er mein Sohn ist, und Fanny meine Tochter. Und sie wußte noch etwas anderes, denn einmal hat sie die beiden überrascht.

Meine Schuld, Flo. Die beiden wuchsen in dem Glauben auf, Waisen zu sein. In ihrer scheinbaren Verlassenheit klammerten sie sich aneinander. Sie waren sehr jung, dreizehn oder vierzehn, und da ist es eben passiert. Aber sie nahmen es ernst und wollten ein ganzes Leben lang Mann und Frau sein.

Toni hat die beiden erpreßt, und in ihrer Angst umeinander sind sie erpreßbar gewesen. Du hast ihr, ohne es zu wissen, dabei geholfen. Denn Du hast mir Fanny als Sekretärin, und das war Tonis Idee, sehr empfohlen.

Die Aussicht, meine zweite Tochter etwas besser kennenzulernen, gefiel mir. Unter Leclercs Anleitung hat sie also bei mir spioniert, und Mischa lieferte alles in der Kolingasse ab. Nicht umsonst! Denn die beiden wollten sich ins Ausland absetzen. Sie erwarteten ein Kind.

Leider war Peter knauserig bei der Bezahlung. So kamen die beiden auf den verrückten Einfall, Dich zu ermorden. Fanny würde dann Deine Rolle spielen, Mischa heiraten und mich beerben. Denn auch mir sollte, nach ihrem Plan, kein langes Leben beschieden sein.

Aber dann passierte etwas Unvorhergesehenes. Mischa verliebte sich auch in seine andere Schwester."

Ich kann nicht mehr weiterlesen. Das Puzzle in meinem Kopf fällt auseinander und setzt sich, ganz von selbst, neu zusammen.

Zuerst mußte Fanny verschwinden. Die Kröte von Hausmeisterin verwechselte mich mit ihr, also hat Peter Leclerc sie in der Kolingasse versteckt. Dann lockte Mischa mich mit dieser rührseligen Geschichte von den Allerseelenbriefen zur Donau. Dort wartete Fanny bereits und verströmte ihren Maiglöckchenduft. Hat sie zuerst dem schwarzen Schwan den Kopf abgeschnitten? Die

Polizei sollte einen geistesgestörten Sadisten suchen, wenn sie meine Leiche fand.

Der Kuß, dem ich Mischa vor dem gespaltenen schwarzen Baum gab, hat mir das Leben gerettet. Verliebte er sich wirklich in mich? Eher schon hat mein Kuß die aus dem Tierreich bekannte Tötungshemmung in ihm ausgelöst. Darum vermute ich auch, daß die immer ungeduldiger werdende Fanny es war, die den Ziegelstein in der Bräunerstraße warf und mich ausräuchern wollte. Ihr Pech, daß beide Anschläge mißlangen.

Inzwischen hatte ich mich auf Papas Wunsch bereits in sie verwandelt. Das brachte die zwei Pärchen auf eine neue Idee. Peter Leclerc lud Papa und mich ein. Der fingierte Anruf im chinesischen Restaurant kam sicher von Toni. Peter, der edle Beschützer, begleitete mich zum Telefon. Dort wartete Fanny auf mich. Ein Schlag auf den Kopf, und schon fand der zweite Rollentausch statt. An Papas Tisch kehrte nicht Flo als Fanny zurück, sondern Fanny als Flo.

Darum mußte ich Papas Brille einstecken! Daß er den Unterschied nicht sofort bemerkte. Und zweifellos hat Peter ihm etwas in den Reiswein getan. Oder früher schon in den rosa Cocktail.

Aber am nächsten Morgen, warum unternahm da Papa nichts? Er konnte uns unmöglich verwechseln. Also warum ging er mit Fanny in die Au? Ließ sich von ihr in die Donau stoßen und den Mord mir anhängen, Flo? Denn er ist nicht ertrunken. Er lebt noch. Ich zerknittere den blauen Brief zwischen den Fingern. Papa stieg aus dem Wasser und machte sich aus dem Staub. Zornig lese ich weiter ...

„Ich wußte nicht, wie sehr Fanny Dich haßte. Ich wußte nur, was ihr blühte, wenn in gewissen Kreisen bekannt wurde, daß sie mit den kompletten Unterlagen meiner Forschung durchgebrannt ist. Denn das Wasser des Lebens ist auch das Wasser des Todes. Wußtest Du, wie verzweifelt Oppenheimer über seine Atombombe war?

Mit einer ähnlichen, vielleicht noch brisanteren Bombe war Fanny nun unterwegs. Denn der Mensch besteht, zu mehr als achtzig Prozent, aus Wasser. Wer die Struktur des Wassers verändern kann, kann ganze Völker ausrotten. Lautlos, und kein brennender Himmel verrät ihn.

Die Wanzen in unserer Wohnung, erinnerst Du Dich? Du glaubst doch nicht, man hätte sie wegen eines Kriminalfalls eingebaut! Die Agenten vieler Staaten waren hinter mir und meinem Wasser her. Ich wollte Fanny adoptieren, und ich will es noch immer. Denn ich habe viel gutzumachen an ihr. Da war auch das Kind, das sie nicht mehr abtreiben wollte oder konnte. Mein Enkelkind, immerhin. Aber sie zögerte, mein Angebot anzunehmen. Plötzlich war sie verschwunden, und ich befürchtete Schlimmes.

Ihr Fehlen mußte den Geheimdiensten auffallen und sie zu Spekulationen verleiten. Spekulationen, die sie zu raschem Handeln bewegen würden. Das war der Grund, warum ich Dich drängte, Fannys Rolle zu spielen. Ich weiß, das war lebensgefährlich für Dich. Aber Du warst nicht nur meine Tochter. Du warst auch mein Kamerad und mein Kumpel.

Ich habe versucht, Fanny zu beschützen. Mischa nicht, diesen Esel. Gab es, außer seinen

Schwestern, keine anderen Mädchen? Man kann den Familiensinn auch zu weit treiben, Flo. Ein Vorwurf, den ich mir selbst leider nicht machen kann.

Als Fanny mich in die Donau stieß, erkannte ich meine Chance. Als Toter würde es leichter sein, der Spur des Wassers zu folgen. Sie führte direkt nach Australien, wo ich Peter und Toni auf einer entlegenen Schaffarm aufstöberte.

Du hast mich einmal gefragt, ob ich mit einem Revolver umgehen kann. Das war etwas, das ich mir wirklich nicht zutraute. Trotzdem hat es geklappt. Hinterher machte ich ein großes Feuer und verbrannte meine Arbeit über das Wasser. Die ganze. Denn Adam und Eva haben niemals vom Baum der Erkenntnis gegessen, und sie unterscheiden noch immer nicht das Gute vom Bösen.

Als das Feuer ausging, reiste ich weiter nach Sidney und überbrachte Gladys Mann Grüße von ihr. Wir wurden, und das hat uns gewiß beide überrascht, Freunde. Ich habe ihm vier Flugtickets nach Australien mitgegeben. Für Dich, für Fanny, und auch für Mischa. Es ist ein weiter und heller Kontinent, auf dem es, glaube ich, viel weniger Menschen als Känguruhs gibt. Ein nicht zu verachtender Vorteil! Wir können bei meinem Freund in Sidney leben, er hat hier ein schönes Haus. Ich vermute, daß demnächst auch eine Schaffarm zum Verkauf angeboten wird. Eine entlegene Schaffarm, auf der keiner mich kennt. Denn die Entfernungen sind in Australien groß. Die Menschen leben einsam, und nur selten begegnet einer dem andern.

Ich möchte, daß Du von diesem Brief nur Gladys erzählst, Deiner Mama. Sie war, als Detektivin, einfach genial. Das vierte Flugticket ist für sie.

Komm bald, kleine Flo! Und hoffentlich magst Du Schafe.

Dein alter Papa."

Über die nächste Stunde schreibe ich nichts, obwohl alles auf mich einstürmte. Als sie vorüber war, fühlte ich mich älter und jünger zugleich. Ich ging zurück in den Salon. Papas neuer Freund saß noch immer auf der Bankkante. Rawuzl hatte es sich auf seiner linken Schulter bequem gemacht, und so wagte er nicht, sich zu rühren.

„Essen Sie", fragte ich, „gern Gugelhupf?" Er nickte verklärt. „Das zweite Symbol Wiens", sagte er. „Das erste ist natürlich der Stefansturm!" Ich nahm den sich sträubenden Kater von seiner Schulter. „Begleiten Sie mich zum zweiten Symbol?"

*

Wir sprechen nicht viel auf dem Weg. Er zappelt ein bißchen beim Gehen. Da hänge ich mich bei ihm ein. Komisch. Wenn man eine gewisse Barriere in sich selbst überwunden hat, wird es leicht, jeden Menschen zu lieben. Und nicht nur die Känguruhs oder die Schafe.

„Wen bringst du denn da?" fragt der Wilfried. Er hat einen aquamarin tropfenden Pinsel in der Hand, und seine buschigen grauen Augenbrauen wandern nach oben. Von der Grünangergasse bis hierher habe ich gebraucht, das zu klären. „Den

Vater meiner Halbschwester“, sage ich und gehe an ihm vorbei ins Atelier.

Zwei der drei Männer, die Mama geliebt haben, folgen mir. Wilfried gab meinem Onkel nicht die Hand. Er brummt etwas und schüttelt mürrisch den Kopf. „Was“, frage ich mit meiner hellsten Stimme, „hast du gesagt?“ Verbissen schaut er mich an. „Zwinge mich nicht, unhöflich zu sein“, sagt er und ist es bereits. „Gladys sorgt sogar jetzt noch für Überraschungen.“

„Irrtum!“ Er kommt von Papa, will ich sagen und schlucke es wieder hinunter. Niemand, nicht einmal Wilfried, darf wissen, daß er noch lebt. Mein Papa, der Mörder. Womöglich hat er Peter und Toni zur gleichen Zeit erschossen, wie Fanny Mischa und dann sich selbst. Es schaudert mich schon ein bißchen, wenn ich an meine Familie denke. Sollten die Erbtheoretiker recht haben, steht mir eine reichlich ungemütliche Zukunft bevor.

Mein Entschluß ist so schnell gefaßt, daß ich selber erstaunt bin. „Kann ich schnell telefonieren?“ frage ich. „Fangt inzwischen mit dem Gugelhupf an!“

Im Nebenzimmer wähle ich die Nummer von Oberrat Augustin Duda. Er scheint sich zu freuen, meine Stimme zu hören. „Nur eine Frage!“ sage ich und beiße an meinen Fingernägeln, das habe ich seit zehn Jahren nicht mehr getan. „Warum haben Sie eigentlich mir geglaubt und nicht Fanny?“

Wenn ich erwartet habe, daß er von seiner Menschenkenntnis und meiner Vertrauenswürdigkeit spricht, habe ich mich gründlich getäuscht. „Da war so ein Parfumvertreter mit Schneckerln“, sagt er. „Sie müssen ihm Avancen gemacht haben, denn wir sollten ihm helfen, Sie wiederzufinden. Außerdem wären Sie, meinte er, in Gefahr. Und Sie hätten, als Sie vom Telefon zurückkamen, anders gerochen als vorher.“

Der Herr, der auf der Suche nach meiner Füllfeder unter unserem Tisch herumkroch. Ich schriebe meine gefährlichen Memoiren, und er möge sich mich gut einprägen. Merkwürdig, warum habe ich das damals zu ihm gesagt? Ich konnte unmöglich wissen, wie wichtig es später sein würde. Oder doch? Ist, was wir Ahnungen nennen, eine Art psychischer Weitsichtigkeit?

Ich bedanke mich, und Dr. Duda fragt, was ich jetzt tun werde? „Ich gebe“, sage ich, „mein Philosophiestudium auf und eröffne eine Detektei.“ Zuerst bleibt es still in der Leitung, und ich glaube schon, er hätte den Hörer auf die Gabel gelegt. Aber dann kommt, völlig unerwartet, ein Prusten. Wenn er jetzt lacht, hänge ich auf! Doch seine Stimme klingt so ernst wie immer. „Detektiv ist ein Beruf, den man wie jeden anderen zuerst erlernen muß.“ Das leuchtet mir ein, obwohl ich natürlich enttäuscht bin. Ich finge am liebsten morgen schon an. „Helfen Sie mir dabei?“ „Ja“, sagt er. „Kommen Sie einfach in den nächsten Tagen vorbei.“

Im Atelier kauen Wilfried und mein Onkel mit düsteren Mienen an ihrem Gugelhupf und wohl auch aneinander. Eine große Liebe wird das, fürchte ich, nicht. Wahrscheinlich haben sie, seit ich aus dem Zimmer ging, nicht ein Wort miteinander gesprochen.

Das ist vielleicht gut so. Papa soll nicht erfahren, daß Fanny und Mischa tot sind und Gladys auch. Noch nicht. Später, wenn er die Schafe auf seiner Farm hütet, schreibe ich ihm. Mit so vielen Schafen rundherum tut es, das hoffe ich wenigstens, nicht mehr so weh. Später dann werde ich ihn besuchen.

„Komm, Onkel!" sage ich. „Nach dem zweiten Wahrzeichen Wiens mußt du auch noch das erste erleben. Und auf dem Weg zum Stefansturm lade ich dich zum Würstelstand ein."

Wilfried läßt uns ohne Widerstand ziehen. „Ich rufe dich heute an", sage ich. „Oder morgen." „Du weißt also noch nicht, wann sein Flugzeug geht?" „Nein", sage ich. „Vielleicht bleibt er überhaupt da." Er steht an der Tür und verdaut es. „Bist Du eifersüchtig", flüstere ich ihm beim Abschiedsbusserl ins Ohr, „weil er ihre erste Liebe war?"

Zuerst verfinstert sich sein Gesicht, und dann hellt es sich auf. „Du hast recht!" sagt er erleichtert und schlägt dem erstaunten Onkel mit der Hand auf die Schulter. Ein paarmal und kräftig. „Sie haben sie", murmelt er, „nicht verdient."

*

Beim Würstelstand bestellt mein Onkel sich eine Burenwurst, eine heiße. „Wir könnten morgen miteinander fliegen", sagt er. „Oder übermorgen. Das Datum in den Tickets ist frei." „Geben Sie mir meins", sage ich, und er tut es.

„Waren Sie schon bei Gladys?" „Nein", sagt er. „Ich mußte Ihrem Papa versprechen ..." „Gut", sage ich. „Jetzt versprechen Sie mir, daß Sie nicht zu ihr gehen. Ihr Zustand ist heikel, und jede Aufregung, auch die freudigste, könnte ihn verschlechtern.“ Vor lauter Ehrfurcht wagt er nicht, seine Wurst in den Senf zu tunken. „Es geht ihr nicht gut?“ „Es geht ihr sogar sehr gut!“ Und ich habe nicht das Gefühl, zu lügen. „Aber damit es so bleibt, überlassen Sie alles mir. Klar?“

„Ja“, sagt er. „Aber Sie haben mich vorhin Onkel genannt, und du.“ „Dann bleiben wir auch dabei. Obwohl ich allmählich nicht mehr weiß, mit wem ich verwandt bin und wie.“ Das versteht er zwar nicht, aber er schaut mich mit Augen an, in denen Erde und Veilchen sich mischen. „Kommst du mit?“ „Noch nicht“, sage ich. „Kannst du dich für eine Weile um Papa kümmern?“ „Ich gehe mit ihm auf die Farm“, sagt er. „Hoffentlich, die Versteigerung ist nächste Woche.“

„Sag Papa, daß Fanny und Mischa wieder mit Gladys zusammen sind. Er soll sich keine Sorgen machen und jedes Schaf nach einem Familienmitglied benennen. Und die sollte er, bitte, alle nicht schlachten.“

„Karl?“ In seiner Empörung wagt er sich endlich heran an den Senf. „Er würde keiner Fliege etwas zuleide tun. Die Farm stellt er sich als eine Art Paradies vor.“

Der Onkel ist fertig mit seiner Burenwurst, und ich habe nichts gegessen. Später, vielleicht, werde ich auch wieder Hunger haben. „Gehen wir in die Stefanskirche?“ „Ja“, sagt mein Onkel.

„Grüß Papa“, sage ich vor dem Altar. „Es dauert vielleicht noch eine Weile.“

Er ist enttäuscht wie ein Kind unter dem leeren Christbaum. „Und sonst?“ fragt er. Ich gebe ihm zum Abschied die Hand. „Sonst sag ihm, daß nicht nur Wasser Botschaften aufnimmt und abgibt. Sondern eigentlich alles! Auf diesem weiten und hellen Kontinent wird er es bald selbst entdecken. Eine persönliche Entdeckung und für die Agenten sämtlicher Staaten wertlos.“

Ich mache einen kleinen Umweg und bleibe vor der Pestsäule stehen. Der Tod, und er ist immer schwarz, hat mich berührt. Aber dann ist er weitergegangen.

Eigentlich ein verrücktes Gefühl, lebendig zu sein!

Von Lotte Ingrisch bisher in der EDITION S erschienen:

Lotte Ingrisch: **Amour noir.** Roman
183 Seiten, gebunden (1985)

Lotte Ingrisch: **Schmetterlingsschule oder Die Veränderung der Welt im Kopf.** Ein Lesebuch für Eltern, Lehrer und Schüler
215 Seiten, brosch. (1987)

Lotte Ingrisch: **Das Donnerstagebuch.** (gem. m. Jörg Mauthe)
128 Seiten, gebunden (1988)

Lotte Ingrisch (Herausgeberin gem. m. Gottfried von Einem): **Auf den Flügeln des Gesanges.** Musikalische Novellen und Erzählungen aus zwei Jahrhunderten, mit Zeichnungen von Hans Fronius
296 Seiten, gebunden (1988)

Pressestimmen zu **Amour noir:**

„Lotte Ingrisch versteht sich auf barockes Possenspiel, auf die Maskeraden von Leben und Tod, auf die Fratzenschneiderei, die alle fugendichten Weltbilder bersten läßt, auf die grellen Grotesken und die kullernd-traurigen Kasperltränen." (FAZ)

„In ihren Sprachbündelungen erreicht Ingrisch oft eine fast philosophisch anmutende Verbindung von Klugheit und literarischer Intensität. Sätze von genauer Bildhaftigkeit treffen ins Zentrum der Erzählstruktur einer Sprache, die sich Grenzen zu überschreiten, auszuufern traut. Ein Buch, ein Wurf." (Münchner AZ)

„Lotte Ingrisch versteht es ausgezeichnet, Spannung aufzubauen, zu halten und den Leser hektisch werden zu lassen." (ORF)